DISCOURS

DE

M. ALEXANDRE DUMAS FILS

Paris. — Typographie Georges Chamerot, rue des Saints-Pères, 19.

DISCOURS

DE

M. ALEXANDRE DUMAS FILS

PRONONCÉ

A L'ACADÉMIE FRANÇAISE

Le jour de sa réception, 11 février 1875.

PARIS

LIBRAIRIE ACADÉMIQUE

DIDIER ET Cie, LIBRAIRES-ÉDITEURS

35, QUAI DES AUGUSTINS

1875.

DISCOURS

DE

M. ALEXANDRE DUMAS FILS

Messieurs,

Je ne saurais mieux reconnaître la faveur exceptionnelle dont j'ai été l'objet dans votre illustre compagnie qu'en vous parlant avec toute franchise et qu'en commençant ce discours par un aveu. Lorsque tant de mes confrères, bien supérieurs à moi, ont dû frapper plusieurs fois à votre porte avant qu'on la leur ouvrît, comment se fait-il que je n'aie eu qu'à me présenter pour qu'elle s'ouvrît toute grande, et, pour ainsi dire, toute seule? Il y aurait là de quoi m'inspirer un grand orgueil si je ne connaissais la véritable raison de cette sympathie.

Pour arriver jusqu'à vous, Messieurs, j'ai employé des moyens magiques; j'ai usé de sortilége. Réduit à mes seuls mérites, je me serais bien gardé d'affronter jamais votre jugement, mais je savais qu'un bon génie, — c'est le vrai mot, — combattait pour ma cause, et que vous étiez résolus à ne pas vous défendre. Je me suis mis sous le patronage d'un nom que vous auriez voulu, depuis longtemps, avoir l'occasion d'honorer et que vous ne pouviez plus honorer qu'en moi. Aussi est-ce le plus modestement du monde, croyez-le, que je viens aujourd'hui recevoir une récompense qui ne m'a été si spontanément accordée que parce qu'elle était réservée à un autre. Je ne puis cependant, je ne dois l'accepter que comme un dépôt; souffrez donc que j'en fasse tout de suite et publiquement la restitution à celui qui ne peut malheureusement plus la recevoir lui-même. En permettant que cette chère mémoire tienne aujourd'hui une telle gloire de mes mains, vous m'accordez le plus insigne honneur que je puisse ambitionner, et le seul auquel j'aie vraiment droit.

Je dois maintenant vous entretenir, Messieurs, d'un homme dont vous avez tous aimé la personne, estimé le caractère, apprécié le talent, et que j'ai à peine entrevu. Je ne pourrai le peindre et le juger qu'à une très-grande distance, et bien des traits m'échapperont. Il était déjà célèbre avant que je fusse né, et rien de ce que je pourrai vous dire ne sera à la hauteur du souvenir que vous avez gardé de cet homme remarquable à tant de titres. Comme sa modestie égalait son talent, il ne nous a laissé que très-peu de détails sur lui-même. M. Lebrun avait été en contact avec tant de grands hommes, il avait vu passer autour de lui et au-dessus de lui de si grands événements, il avait survécu à tant de choses éclatantes qu'on avait cru devoir être éternelles, qu'il a été pris sans doute de cette pudeur qui porte les âmes d'élite à se rejeter dans l'ombre et le silence à mesure que les événements projettent plus de lumières et font plus de bruit autour d'elles. Peut-être l'évanouissement subit de la splendeur impériale, à laquelle M. Lebrun aurait voulu dévouer son talent et sa vie, n'a-t-il pas peu contribué à ce parti pris de modestie. Qui aurait pu, sans folie, parler de soi quand on ne parlait plus de l'empereur? Les autres hommes semblaient n'avoir plus qu'à baisser la tête, à se recueillir, à chercher où ils pouvaient bien en être et à reprendre leurs obscurs travaux avec d'autant plus de courage qu'il n'y avait plus guère à compter sur l'attention de personne. Un seul homme avait, pour ainsi dire, emporté avec lui toute la curiosité du monde.

Vous savez, Messieurs, comment M. Lebrun témoigna, pour la première fois, de son amour pour l'empereur, amour auquel il est toujours resté fidèle, car il n'a jamais renié son idole, même lorsque les plus illustres ingratitudes invoquaient tant de bonnes raisons.

Le lendemain de la victoire d'Austerlitz, l'empereur était à Schœnbrunn. Il avait auprès de lui le prince de Talleyrand, le prince de Neufchâtel et le comte Daru. Celui-ci prit le *Moniteur* sur la cheminée et se mit à le parcourir. Il fit bientôt un mouvement de surprise.

— Qu'est-ce, Daru? dit l'empereur.

— Voilà, Sire, dans le *Moniteur* une ode sur la bataille.

— Ah! et de qui?

— De Lebrun, Sire.

— Voyons; lisez.

Le comte Daru commença :

Suspends ici ton vol; d'où viens-tu, Renommée?
Qu'annoncent tes cent voix à l'Europe alarmée?
Guerre. Et quels ennemis veulent être vaincus?
Allemands, Suédois, Russes, lèvent la lance;
Ils menacent la France.
Reprends ton vol, Déesse, et dis qu'ils ne sont plus.

L'ode continuait, elle aussi, son vol, presque toujours aussi haut et aussi large que ce beau début; mais cela n'étonnait personne; l'ode était signée Lebrun. Or, à cette époque, on ne pouvait pas supposer qu'une ode signée Lebrun pût être d'un autre Lebrun que le vrai, le fameux, le seul Lebrun, celui qui avait été surnommé Lebrun Pindare. Ce qui étonnait un peu, c'était qu'il eût pensé à chanter un pareil sujet. Lebrun Pindare, le poëte révolutionnaire, le chantre du *Vengeur*, se ralliait donc à l'empire? « Qu'on expédie une rente viagère de six mille francs à M. Écouchard Lebrun, » dit l'empereur.

Mais il se trouva que M. Lebrun Pindare était absolument innocent de cette ode, et qu'elle était l'œuvre d'un collégien de vingt ans qui portait le même nom que lui. Quand Napoléon connut la vérité, il fut le premier à rire de la méprise, et il dit : « Eh bien, qu'on laisse la pension de six mille francs au vieux poëte, et qu'on en donne une de douze cents au jeune. »

M. Lebrun avait vingt ans lorsqu'il composa cette ode. Sommes-nous bien sûrs, Messieurs, que, sous l'enthousiasme très-légitime et très-sincère du poëte, l'espièglerie du collégien ne se glissait pas un peu? Celui qui devait écrire plus tard le discours en vers du *Bon Bourgeois de Paris sur les fortifications* ne devait pas, si j'en juge par l'esprit qu'il avait encore à cinquante ans, manquer, à vingt ans, d'une bonne dose de finesse et de malice. Tout en voulant louer le maître guerrier qui venait de battre trois peuples, il n'était pas fâché, peut-être, de battre un peu le maître poëte qui n'avait pas alors de rival en poésie, tant on était occupé à autre chose. Avoir vingt ans, porter le même nom qu'un poëte renommé, se sentir plus poëte que lui, savoir que ce poëte n'aime pas l'empereur dont on a fait son dieu, désirer, prévoir et apprendre la victoire d'Austerlitz, c'est bien tentant.

On n'accuse, dit-on, les autres que de ce dont on est capable soi-même; soit; j'avoue que, moi, je n'aurais pas résisté à la tentation et que je me serais fort diverti, à la pensée que mon ode, imprimée et signée du nom de Lebrun, serait d'abord et tout naturellement attribuée à l'homme connu; et que, bien applaudie, bien acclamée, et en même temps bien légitime, elle reviendrait à son véritable père, simple collégien qui aurait le droit de dire, en riant sous cape : Ce n'est pas ma faute si je m'appelle aussi Lebrun. L'enfant aurait même pu ajouter : Je ne savais pas qu'il y en avait un autre. Mais l'enfant était incapable de mentir; il savait qu'il y avait un autre Lebrun. Ce n'est pas quand on a fait une tragédie de *Coriolan* à douze ans, en 1797, qu'on ignore, huit ans après, en 1805, l'existence de Lebrun Pindare.

Le jeune Pierre Lebrun, pour lui donner enfin tout son nom, était au contraire nourri de cette littérature, dont son homonyme était le représentant le plus distingué; mais il nous faut reconnaître que le nourrisson de ces muses nouvelles n'avait qu'une idée, c'était de quitter ses nourrices, et qu'il avait bien raison. Loin de moi la pensée, Messieurs, de ne pas traiter comme il convient des hommes dont quelques-uns ont eu leur place parmi vous, et qui la méritaient alors; à ce titre seul, ils me seraient sacrés, aujourd'hui surtout; mais ayant à faire devant vous, et voulant le faire en toute conviction, l'éloge de mon illustre prédécesseur, il me faut bien constater la différence qui existait, à son avantage, entre lui et ses contemporains, comme j'aurai probablement à montrer tout à l'heure celle qui existe entre ses successeurs et lui, puisque M. Pierre Lebrun fut précisément, en littérature, ce qu'on appelle un homme de transition, la fin d'une phase et le commencement d'une autre.

M. Lebrun était né en 1785, en plein règne de Delille à qui il devait rendre hommage plus tard dans une ode qu'il composa justement sur la mort de M. Lebrun

Pindare, lequel mourut deux ans après l'anecdote que nous venons de raconter. Après cette ode, le quiproquo ne fut plus possible. On eut la certitude qu'il y avait deux poëtes du nom de Lebrun, dont l'un venait d'enterrer définitivement l'autre.

L'empereur, qui avait la très-ambitieuse mais très-noble espérance de reconstituer chez nous tout ce qui fait la grandeur d'une nation, aurait voulu ressusciter la véritable poésie. Il y avait un intérêt personnel. Cet Achille rêvait d'avoir son Homère de son vivant. Il ne devait l'avoir qu'après sa mort.

Un regard de Louis enfantait des Corneilles,

a dit Boileau; il s'est trompé. Les regards des plus grands rois n'enfantent pas les grands poëtes. Tout ce qu'on peut leur demander, c'est de les distinguer, et c'est déjà beaucoup. Les grands poëtes, comme les grands rois, ne naissent que quand Dieu le veut. Ils poussent sans qu'on sache comment, comme les bluets dans les blés, et, quand on fait les moissons humaines que faisait Napoléon, il ne faut pas s'étonner que les bluets tombent avec les épis.

Le 5 mai 1821, l'empereur meurt à Sainte-Hélène. La nouvelle arrive en France. Au milieu du silence universel, silence fait d'étonnement, de souvenirs, de remords peut-être, une voix s'élève tout à coup :

L'astre dont la splendeur couvrait l'Europe entière
Soudain vient de descendre et pour jamais a lui;
Le siècle qui marchait brillant de sa lumière,
Dans la nuit achevant une obscure carrière,

Semble finir, descendre et s'éteindre avec lui.
Un grand homme n'est plus, et pour jamais a lui
L'astre dont la splendeur couvrait l'Europe entière.

Cette voix qui s'élève est encore celle de M. Lebrun. L'ode est belle, très-belle, ce qui n'est pas extraordinaire puisqu'on sait maintenant que les grandes pensées viennent du cœur, et elle est courageuse puisqu'il est encore admis qu'il y a du courage à faire son devoir.

En réponse à cette œuvre de talent et à cet acte de courage, il parut un arrêté du ministre d'alors dont je ne me rappelle plus le nom, qui retirait à M. Lebrun la pension que celui-ci tenait de l'empereur. C'était certainement une heureuse et utile économie et qui dut faire bonne figure dans le budget des recettes de l'année 1821. Eh bien, malgré cela, il me semble que si j'avais été le roi, j'aurais maintenu cette pension ; je crois même que je l'aurais doublée en me donnant le plaisir d'écrire de ma propre main : « Doublez la pension de M. Lebrun, qui vient de prouver une fois de plus qu'il est non-seulement un homme de talent, mais un homme de cœur. » J'aurais fait mon devoir de roi comme M. Lebrun avait fait son devoir d'honnête homme, sans compter que j'aurais bien embarrassé le poëte. Je l'aurais peut-être forcé ainsi de rendre lui-même cette pension dont j'avais si grand besoin ; c'eût été aussi économique et plus royal. Je ne comprends pas que Louis XVIII n'ait pas eu cette idée si simple. C'était un homme de beaucoup d'esprit, et, quand il était trop occupé pour en avoir lui-même, n'avait-il pas autour de lui des gens comme M. de Talleyrand par exemple, qui étaient chargés d'en avoir à sa place ? Il y a là quelque chose que nous ne nous expliquons pas. Peut-être que ce jour-là le roi était malade ou que M. de Talleyrand était sorti.

M. Lebrun avait vingt ans quand il composa l'ode d'Austerlitz; il en avait trente-cinq quand il composa celle de Sainte-Hélène. Dans l'intervalle il avait grandi et il avait commencé la révolution littéraire qu'il méditait. Il l'avait reprise où André Chénier l'avait laissée. Il était par nature de la même famille et par aspiration de la même patrie que le poëte grec. Il l'avait prouvé d'abord dans *Pallas, fils d'Évandre*, emprunté à un épisode de Virgile, mais où se glisse déjà le parfum du génie grec qui accompagnait en vainqueur les ambassadeurs d'Énée; il l'avait prouvé surtout dans *Ulysse*, tragédie un peu longue et un peu froide pour la scène, mais dont on ne peut s'empêcher, à la lecture, d'applaudir la langue ferme, précise, colorée et déjà revivifiée par le souffle antique, comme un enfant malade qui reprend peu à peu des forces sous l'influence de l'air natal. Si je passe trop rapidement, Messieurs, sur les premières œuvres lyriques et dramatiques de M. Lebrun, si je ne les analyse pas ici comme elles mériteraient que je le fisse, c'est que j'ai hâte d'arriver aux deux compositions capitales de M. Lebrun, *Marie Stuart* et le *Cid d'Andalousie*, dont la première devait avoir une si grande et si heureuse influence sur la littérature dramatique de ce siècle, et dont la seconde nous amènera à une discussion que je ne puis éviter.

M. Lebrun voulait non-seulement la restauration complète de la poésie lyrique, mais encore celle de la poésie et même de la composition dramatiques. Il fallait, à tout prix, rendre féconde au profit de l'esprit humain la paix à laquelle la France était condamnée. C'est la pensée qui, chez nous, à certaines époques, est chargée de faire prendre patience à l'action. Mais M. Lebrun sentait que notre théâtre avait donné tout ce que l'imitation de l'antiquité pouvait fournir, et que, si l'on n'avait pas positivement assez des Grecs et des Romains, ils étaient, par les dernières imitations, devenus quelquefois si ennuyeux et si ridicules qu'il était temps de découvrir et d'exploiter d'autres peuples, d'autres époques, d'autres passions, d'autres mœurs. Seulement, par modestie d'abord, puis par tradition, car il était encore d'une époque où l'on ne pouvait être original, au théâtre, qu'à la condition d'imiter quelqu'un et de pouvoir dire : Cette hardiesse que vous me reprochez n'est pas de moi ; seulement, dis-je, M. Lebrun n'osait pas commencer une pareille guerre sans des alliances sûres. Les yeux ouverts, l'oreille tendue, il recueillait tous les bruits qui venaient des pays étrangers. Le vent qui soufflait de l'ouest lui apporta les poëmes de Byron, le vent qui soufflait de l'est lui apporta les drames de Schiller. Il signala le premier les fantaisies et les audaces du poëte anglais comme pour acclimater le public français à une nouvelle température, et, sans plus de façon, il s'empara de la *Marie Stuart* du poëte allemand, et il la jeta toute palpitante sur notre scène devant un public qui l'acclama, heureux d'entendre de nouveau le langage de la passion, de la douleur, de la vérité. La bataille était gagnée, grâce à l'alliance étrangère, mais on se défend comme on peut, dans de certains cas, et il fallait bien donner le temps aux jeunes troupes nationales de grandir et de se former. Songez, Messieurs, qu'à ce moment Lamartine rêve encore sous le ciel de l'Italie, Casimir Delavigne n'a que vingt-cinq ans, de Vigny vingt, Hugo et Dumas dix-sept, de Musset est au collége, et plusieurs d'entre vous ne sont pas nés. De plus grands et de plus forts se sont emparés de la place plus tard ! Mais il ne faut pas oublier que M. Lebrun a été le pionnier patient et résolu qui, sous le feu de l'ennemi, taille, aux flancs du roc, la route sur laquelle les conquérants passent ensuite au galop, mais sans laquelle ils ne passeraient peut-être pas.

Vous le saviez bien, Messieurs, quand vous avez admis M. Lebrun parmi vous en 1828, et, le soir même de cette élection, le public du Théâtre-Français applaudissait frénétiquement ces deux vers de la *Princesse Aurélie* de Casimir Delavigne :

Ah! votre Académie a fait un fort bon choix,
Le public avec vous a nommé cette fois!

Aujourd'hui, Messieurs, cela paraît tout simple d'avoir écrit *Marie Stuart,* surtout avec le secours de Schiller, mais le secours même du poëte étranger constituait alors un danger de plus.

Voltaire, qui n'avait pu s'empêcher d'admirer Shakespeare au commencement, n'avait pas tardé à regretter son admiration. Les poëtes comme Shakespeare ne sont pas de ces lions qu'on apprivoise, qu'on pare de maximes philosophiques, et qu'on fait sauter gracieusement dans les cerceaux de tragédies de circonstance. Le roi du désert avait rugi de telle façon, quand il s'était vu dans la compagnie de *Sophonisbe et de l'Orphelin de la Chine,* que le dompteur avait jugé plus prudent de le faire rentrer dans sa cage, et de le renvoyer aux brouillards des trois royaumes en l'appelant barbare. Il fut convenu pendant longtemps que Voltaire avait eu raison. Je n'accuse pas Voltaire de parti pris. Il était sincère, et je trouve tout naturel que l'auteur de la *Pucelle* n'ait pas très-bien compris *Juliette, Ophélie* et *Desdémone.*

L'honnête et conciliant Ducis avait essayé plus tard de réhabiliter le poëte anglais et de le faire accepter des âmes sensibles; mais il y a une façon d'excuser les gens qui leur fait encore plus de tort que ce qu'on leur reproche, et il y a certains acquittements plus humiliants que les accusations.

Nous sommes ici pour rendre justice à un homme d'une valeur réelle, incontestable; cependant, cette valeur, les générations nouvelles seraient toutes disposées à la traiter légèrement, si on ne leur rappelait pas bien les conditions particulières des temps où elle a commencé à se faire jour. Je ne saurais donc mieux louer M. Lebrun qu'en rappelant les difficultés qu'il eut à vaincre, difficultés d'autant plus irritantes, qu'elles naissaient de la mauvaise foi quand elles ne naissaient pas du mauvais goût. Savez-vous, vous le savez mieux que moi, Messieurs, où en était la tragédie, car, grâce à Dieu, la comédie avait déjà retrouvé un nouveau guide bien franc et bien français, Beaumarchais? Savez-vous que, non-seulement les sentiments et les passions étaient dénaturés, mais que les mots n'avaient plus leur sens véritable? La France avait eu beau subir les réalités les plus poignantes, depuis l'échafaud de 93 jusqu'aux désastres de 1815; elle avait eu beau assister à des drames terribles, bien autrement sauvages, bien autrement réels que ceux de Shakespeare, elle continuait de refuser à l'art le droit de lui dire la vérité et d'appeler les choses par leur nom. Un cheval s'appelait un coursier, un mouchoir s'appelait un tissu. Oui, Messieurs, à cette époque, le style noble ne permettait pas autre chose, et ce tissu, on ne le brodait pas, on l'embellissait. Cela ne signifiait rien du tout, mais c'était ainsi qu'il fallait s'exprimer; et M. Lebrun ayant eu l'irrévérence de faire dire par Marie Stuart, au moment de sa mort, à sa suivante :

Prends *ce* don, ce mouchoir, ce gage de tendresse,
Que pour toi, de ses mains, a brodé ta maîtresse;

il y eut de tels murmures dans la salle, qu'il dut modifier ces deux vers et les remplacer par ceux-ci :

Prends ce don, ce *tissu*, ce gage de tendresse,
Qu'a pour toi, de ses mains, *embelli* ta maîtresse.

Cette concession faite, on consentit à s'émouvoir, et

toutes les femmes, pour essuyer les larmes que Marie Stuart leur faisait répandre, tirèrent leurs tissus de leurs poches.

Voilà où l'on en était.

Quant à Schiller, il est fort maltraité par les critiques du temps, les critiques français bien entendu. Il en est peu qui soient dans le juste et dans le vrai. M. de Jouy, l'auteur de *Sylla,* le seul par conséquent qui eût conservé le droit de parler de la tragédie avec autorité, est aussi le seul qui parle, comme il convient, du poëte allemand. Cependant, comme il faut rendre à César ce qui appartient à César, même lorsqu'il est du pays de Schiller, j'oserai dire que Schiller est resté supérieur à M. Lebrun, non-seulement dans la conception, puisqu'il a conçu tout seul son drame, mais dans le développement des caractères. Il a moins atténué les fautes nombreuses et de toutes sortes de Marie Stuart; il a donné au dévouement de Mortimer un mobile plus humain; il l'a fait passionnément et brutalement épris de cette femme que la nature semblait avoir condamnée à inspirer l'amour, et que cette fatalité, si nous en croyons Brantôme, a poursuivie et souillée au-delà même de la mort; il a enfin poussé jusqu'à l'extrême le caractère odieux de Leicester; il n'a pas permis, comme M. Lebrun, qu'il tombât en scène sous le poids de ses remords; il l'a fait survivre à son infamie et se sauver comme un voleur devant le cri de cette femme qui l'avait aimé et dont il livrait la vie pour sauver la sienne. M. Lebrun n'a jamais pu admettre tant de scélératesse. Ce n'est pas seulement une concession qu'il a cru devoir faire au goût français, c'est un hommage qu'il a voulu rendre à l'humanité. Il a donc presque entièrement dépouillé la reine de son passé qui la compromettait trop; il a peint l'ami tout à fait chevaleresque et désintéressé, et il a montré l'amant plus indécis que lâche, plus faible que traître.

Le poëte allemand avait beau, par lui-même, être un des hommes les plus honnêtes qui aient existé, il savait mieux que son imitateur jusqu'où peut aller la bassesse humaine. C'est par ces affirmations implacables que les poëtes dramatiques se constituent maîtres. Ils risquent davantage, mais ils touchent plus haut.

Le succès fut éclatant, unanime, mérité, mais ce succès ne pouvait satisfaire complétement M. Lebrun. Il fallait en rendre une trop grande part à un étranger. Ce n'était pas seulement dans son amour-propre que pouvait souffrir notre compatriote, c'était dans son idéal. Ne devait-il pas plus tard, en recevant ici un de nos plus illustres confrères, dire très-judicieusement à propos de la collaboration : Si quelque scène, quelque caractère, quelque trait heureux excite ma sympathie, lorsque je trouve devant moi deux auteurs, je ne sais à qui m'adresser, je m'embarrasse, et je dis : « Lequel des deux? » C'est bien parler, et je partage complétement cette opinion; mais celui qui jugeait si sévèrement la collaboration en 1858, que devait-il donc penser de l'imitation en 1820? Pour M. Lebrun, il n'y a même pas eu collaboration, l'œuvre existait déjà, et, il faut reconnaître, le plus difficile était fait. Il n'y avait pas à discuter avec un collaborateur, il y avait à prendre, à accepter l'idée d'un maître. Il fallait, sauf quelques modifications qui étaient, selon moi, Messieurs, des amoindrissements, il fallait se subordonner complétement, et, le succès venu, il n'y avait pas à se dire : Lequel des deux? C'était l'autre. Si je connais le cœur des hommes en général et celui des auteurs dramatiques en particulier, cette pensée devait tourmenter M. Lebrun ; et, après ce demi-triomphe, il dut n'avoir qu'une ambition : en mériter un complet, par un autre ouvrage dramatique qui fût bien à lui ; donner à la France une œuvre originale qui le dégageât, sinon de sa gratitude envers l'étranger, du moins de sa dépendance.

C'est certainement pour obéir à ce noble désir que, le surlendemain même de la première représentation de *Marie Stuart,* M. Lebrun quitta la France. Il voulait, la tête encore bouillante, le cœur encore vibrant, visiter la Grèce et demander à cette vieille terre classique l'inspiration nouvelle dont il avait besoin. Qu'allait-elle lui dire, cette chère vaincue, cette grande désespérée, celle qu'il devait appeler lui-même :

> La Niobé qui s'est lassée
> D'appeler en vain ses enfants,

et qu'il avait entendue cependant, comme, au-delà de l'Océan, Byron devait l'entendre aussi? Qu'avait-elle besoin de se plaindre? Les enfants ne devinent-ils pas quand leur mère souffre? Les grandes âmes n'ont-elles pas leur langage muet? Et n'est-il pas touchant de voir ces deux poëtes qui, sans se connaître et sans se rien dire, partent, l'un pour aller consoler, l'autre pour aller défendre la divine mère ?

Il faut le reconnaître, M. Lebrun avait le don de pressentir. Il lui sembla qu'il y avait quelque chose dans l'air ; il n'avait que le temps d'arriver s'il voulait assister à quelque grand événement : un dernier martyre ou une première résurrection. Il était décidément le chantre des aurores. Ce fut un réveil qu'il eut à chanter, et il rapporta en France ce poëme charmant, modestement intitulé : *Voyage en Grèce,* et qui palpitait de toutes les émotions par lesquelles passait ce malheureux pays. Il était allé, il le croyait et il l'a dit, pour rêver et s'instruire sur des ruines avec des poëtes et des héros morts ; il entonna l'hymne de la délivrance avec de jeunes héros dont il fut le premier poëte. Par une heureuse fortune, le bateau sur lequel il s'était embarqué, *le Thémistocle,* devait, un an après, sous la conduite de son capitaine, le glorieux Tombazis, appeler le premier à l'indépendance les îles de l'Archipel. Rien de plus émouvant que la chanson de *Rhigas,* la *Marseillaise grecque,* entonnée à pleine voix par les matelots tant qu'ils sont en mer, c'est-à-dire entre l'immensité et l'infini, ces éternels, ces discrets confidents des douleurs et des espérances humaines ; puis, à mesure qu'on approche de la terre, les voix s'éteignent ; les regards se voilent ; le silence se fait ; le secret commence ; et le sultan se figure une fois de plus que ceux qui viennent d'aborder sont toujours des esclaves.

Il y a de beaux vers, il y en a beaucoup que nous

voudrions citer dans ce poëme un peu trop oublié aujourd'hui ; mais, si le monde n'oubliait pas, il n'aurait plus qu'à finir, car je crois vraiment que tout a été dit.

Après s'être retrempé aux grandes sources, M. Lebrun revint en France, plus sûr de lui et préparé à son grand combat. Ce grand combat, ce devait être une nouvelle œuvre dramatique : le *Cid d'Andalousie,* et ce fut un combat véritable. Hélas! la victoire resta à l'ennemi.

La pièce ne fut représentée que quatre fois, malgré les efforts réunis de Talma et de Mlle Mars, malgré le talent de l'auteur, car il y a des parties de premier ordre dans cette pièce. En tête de ce drame, qu'il n'a fait imprimer que très-longtemps après la première représentation, M. Lebrun a publié une préface où il recherche les causes de son insuccès ; il croit les trouver dans les sévérités de la censure, dans le mauvais vouloir de quelques comédiens, dans le parti pris des défenseurs de l'école classique désireux de prendre leur revanche de la victoire de *Marie Stuart.* M. Lebrun en appelle à la postérité. Nous qui sommes déjà pour lui la postérité, et la plus respectueuse et la plus sympathique qu'il puisse avoir, nous croyons que cet insuccès ne tient pas absolument aux raisons que donne le poëte. Elles y furent bien pour quelque chose, mais ce ne sont là, en somme, que les difficultés inséparables du métier même, et nous avons tous plus ou moins à les combattre. L'insuccès du *Cid d'Andalousie* tient, selon moi, Messieurs, à ce que, dans cette pièce, M. Lebrun a eu l'audace d'attaquer le dogme fondamental du théâtre qui exige..... Mais auparavant, Messieurs, permettez-moi de revenir un peu, — beaucoup en arrière, et de remonter jusqu'à l'autre *Cid,* celui de Corneille.

Vous vous rappelez, Messieurs, qu'il y a deux cent trente-neuf ans, en 1636, un an après que le cardinal de Richelieu eut fondé cette Académie, vous vous êtes trouvé dans une situation assez délicate. Voici le fait :

Un jeune poëte rouennais, nommé Pierre Corneille, déjà connu par des œuvres distinguées, venait tout à coup de se révéler poëte dramatique de premier ordre par une comédie héroïque intitulée : *le Cid*. Dès le lendemain de ce succès, l'œuvre de cet heureux jeune homme était devenue la comparaison par excellence. Quand une chose était exceptionnellement belle, on disait : beau comme le *Cid*. Pour se faire une idée de ce triomphe, il n'y a qu'à compter, si l'on peut, les ennemis qu'il ameuta contre le triomphateur. Le plus grand et le plus redoutable fut le cardinal de Richelieu lui-même ; le plus hargneux et le plus perfide fut Scudéri : et le second, à l'instigation du premier, dit-on, publia contre l'auteur et contre la pièce un mémoire des plus acerbes et des plus injustes. Cette diatribe vous était adressée, Messieurs, et elle vous enjoignait, pour ainsi dire, d'avoir à donner votre opinion sur l'œuvre nouvelle. Vos statuts vous interdisaient d'intervenir dans un débat de ce genre sans la permission ou l'ordre du cardinal et sans le consentement des deux parties. M. de Scudéri vous sommait, le cardinal vous permit, Corneille accepta.

L'embarras était grand. Vous deviez tout à votre fondateur auquel vous désiriez fort ne pas déplaire, ne fût-ce que par reconnaissance, et vous saviez qu'il tenait, pour des causes que l'on ne connaît pas encore très-bien aujourd'hui, à ce que l'œuvre fût vivement blâmée par qui avait autorité pour le faire ; peut-être même, on l'a dit du moins, voulait-il arriver à l'interdire. D'un autre côté, vous ne pouviez pas, vous ne vouliez pas, par un jugement partial, fermer peut-être à tout jamais la carrière à celui dont le coup d'essai était un coup de maître, et qui s'en remettait à votre justice et à votre bonne foi. Vous n'aviez pas alors toute l'indépendance que vous ont acquise plus de deux siècles d'existence et de dignité. Vous fîtes ce qu'on a fait tant de fois depuis lors, vous nommâtes une commission, laquelle, après cinq mois de travail, chargea M. Chapelain de rédiger votre réponse. Il s'en tira avec autant de franchise que d'habileté, si bien qu'il ne satisfit, mais qu'il n'irrita complétement ni le cardinal, ni l'auteur, ni l'opinion. Ce qu'on appelle aujourd'hui le langage académique, l'art si difficile de dire la vérité avec toute la sincérité, toute la courtoisie, et toute la finesse possibles, le langage académique est, on peut le dire, fondé chez vous de ce jour-là. On essaya bien pendant quelque temps de faire croire que vous aviez sacrifié la cause de l'art, que vous aviez penché plutôt vers ceux qui insultaient le *Cid* que vers l'auteur ; mais, comme l'auteur finit par être des vôtres, comme vous n'avez pas cessé, depuis lors, de l'honorer et de le glorifier, comme il dédia le *Cid* à la nièce du cardinal, qu'il dédia *Horace* au cardinal lui-même, qu'il épousa par sa protection la femme qu'il aimait et qu'il continua à recevoir de lui une pension, il ne resta pour ainsi dire rien de ce conflit, si ce n'est le mystère de la persécution que Corneille avait eu à subir de la part du ministre de Louis XIII. Pourquoi cette persécution ?

Le bruit se répandit, et il est encore accrédité, que le cardinal, qui avait la prétention d'être un auteur tragique dans ses moments de loisir (que pouvaient être les moments de loisir du cardinal de Richelieu?), et qui suppléait au temps et au génie dramatique qui lui manquaient en faisant faire ses tragédies par de jeunes auteurs, en voulait fort à Corneille qui, après avoir travaillé pour Son Éminence, avait mieux aimé la quitter et travailler pour lui-même. Cette persécution n'aurait donc été qu'une jalousie de confrère !

Croyez-vous cela, Messieurs ? Un confrère jaloux, muni du pouvoir que possédait le cardinal de Richelieu, se serait-il calmé si facilement et si vite ? Ne se fût-il pas, au contraire, acharné contre le poëte en voyant que d'autres chefs-d'œuvre succédaient au premier ? Je sais qu'on a l'habitude en France, et un peu partout, de prêter aux grands hommes des petitesses de ce genre qui les font momentanément descendre au niveau de ceux qui les jugent et qui les envient. On appelle cela les contrastes de la nature humaine. Eh bien, moi, Messieurs, je ne crois pas un mot de cette légende; je suis convaincu que le cardinal obéissait à une pensée d'un tout autre ordre.

Il y avait dans le *Cid,* pour Richelieu, une faute capitale, qui heurtait les idées, qui contrariait les projets de ce grand homme d'État, lequel entreprenait, au milieu des plus grands obstacles, de constituer non-seulement la monarchie, mais l'unité française, et, comme tous les grands politiques, voulait que toutes les forces vitales de son pays concourussent à l'accomplissement de son œuvre. Ainsi il venait de créer cette Imprimerie royale dont, par parenthèse, M. Lebrun devait être un jour un des plus habiles directeurs ; il venait de fonder l'Académie française, non pas pour y être admis, comme on l'a prétendu encore, mais pour fixer aussi l'unité de notre langue que son génie prévoyait sans doute devoir être plus tard la langue diplomatique du monde, et peut-être la langue universelle, pour la dégager du latin qui la tenait encore en tutelle et pour donner à notre littérature naissante les moyens, l'énergie et le droit de lutter contre la littérature italienne qui la dominait toujours ; il n'avait enfin qu'un but, qu'un rêve où il épuisait ses forces sans y épuiser son génie, c'était de fonder, en toutes choses, la suprématie de la France, et il y employait jusqu'à la hache quand l'épée ne suffisait pas.

Lorsque le *Cid* parut, Richelieu se débattait justement dans les mille difficultés que lui créaient la noblesse, la maison d'Autriche, les derniers efforts de la Ligue, les progrès de la Réforme. Je ne vois pas de place dans cet esprit pour les mesquines jalousies de l'auteur dramatique ; d'ailleurs je n'aime pas à abaisser ce qui est en haut, et je me figure qu'entre le politique et le poëte, les choses se sont passées tout autrement que la légende ne le raconte. Si, après les violentes protestations de Richelieu contre le *Cid,* Corneille et Richelieu se sont réconciliés, si Richelieu a accepté des dédicaces, et si Corneille a accepté des pensions, ce n'est pas parce que l'un a fait des menaces et parce l'autre a fait des excuses, c'est tout simplement parce que ces deux hommes ont dû s'expliquer loyalement, franchement, comme deux hommes de génie qu'ils étaient. Ma conviction est que le grand cardinal, comme on l'appelle encore aujourd'hui, a fait venir celui qu'on appellera toujours le grand Corneille et qu'il lui a dit :

« Prends un siége, Corneille, et écoute-moi. Tu es tout à la joie de ton triomphe ; tu n'entends que le bruit des bravos, et tu ne t'expliques pas pourquoi je ne joins pas mes applaudissements à ceux de toute la ville ; tu ne comprends pas pourquoi même je proteste contre ton succès. Je vais te le dire.

« Quoi ! c'est au moment où j'essaye de refouler et d'exterminer l'Espagnol qui harcèle la France de tous les côtés ; qui, vaincu au midi, reparaît à l'est, qui, vaincu à l'est, menace au nord ; c'est quand j'ai à combattre, à Paris même, les révoltes et les conspirations que l'Espagnol me suscite ; c'est quand une reine espagnole, encore jeune et toujours coquette, correspond secrètement avec son frère le roi d'Espagne et prête les mains à toutes les conspirations qu'une cour légère et ignorante trame contre moi, sans se douter du mal qu'elle fait à la France ; c'est en un pareil moment que tu viens exalter sur la scène française la littérature et l'héroïsme espagnols ! Tu ne vois donc pas que tu conspires, toi aussi, que tu gênes mes desseins, et que, plus tu as de talent, plus je dois te combattre, si tu persévères dans cette voie dangereuse ? Encore deux ou trois succès du genre et de la qualité de celui-ci, et, en excitant à faux cette imagination française si facile à entraîner, tu retardes mon œuvre, qui est plus importante que la tienne, et je n'ai plus que quelques années pour l'accomplir. Tu ne joues que sur des sentiments, poëte ; moi, qui ai charge d'État, je joue sur des faits ; tu n'as qu'un public à émouvoir, moi j'ai des peuples à remuer, et voilà pourquoi je ne peux pas permettre, ayant besoin de héros véritables, qu'on s'habitue à prendre pour modèles en France et qu'on acclame tous les soirs des héros qui sont non-seulement nos ennemis, mais qui sont encore des héros de romans ; car ton Rodrigue n'est pas un héros chevaleresque, ce n'est qu'un paladin sentimental ; ta Chimène n'est pas une âme vaillante, ce n'est qu'une imagination malade (c'est Richelieu qui parle, Messieurs) ! Regarde-le en face, ton *Cid* : au point de vue dramatique, oui, c'est un chef-d'œuvre ; au point de vue moral et social, c'est une monstruosité !

« Quelle société voudrais-tu que je fondasse avec des filles qui épouseraient le meurtrier de leur père, avec des chefs d'armée qui renonceraient à la gloire, qui déserteraient la vie, qui sacrifieraient la patrie si leur maîtresse ne les aimait pas, et qui ne reprendraient leur valeur que lorsqu'elle leur dirait qu'elle les aime ? Ainsi, d'un côté, immolation de la famille, de l'autre, immolation de la patrie à la passion égoïste, passagère et purement terrestre. Peux-tu croire qu'il en doit être ainsi? Vas-tu vraiment soutenir que le courage d'un grand capitaine et la destinée d'un grand pays dépendent du plus ou moins d'amour qu'une jeune fille éprouve, et te représentes-tu réellement Alexandre ou César subordonnant, l'un la conquête de l'Inde, l'autre la conquête des Gaules, au caprice de leur fiancée? Est-ce parce que tu es jeune et tout épris d'une jeune fille que son père te refuse que tu penses ainsi? C'est possible ; alors envoie-moi le père de celle que tu aimes, je lui dirai de te donner sa fille et je te ferai une pension pour que tu puisses travailler librement. Que tout ce que je t'ai dit reste entre nous deux ; et maintenant, va, poëte, sois aimé, sois heureux, et fais-moi des héros que l'on puisse imiter. »

Et alors Corneille a composé *Horace,* c'est-à-dire l'antithèse du *Cid, Horace* où, cette fois, la Chimène qui préfère son amant à sa patrie est immolée de la main même de son frère ; et il a dédié sa tragédie à Richelieu, pour la grande joie que celui-ci lui avait faite et pour le haut conseil qu'il lui avait donné. Tout ce qui s'est passé entre le poëte et l'homme d'État me semble écrit en gros caractères, pour qui sait lire ce qui n'est pas imprimé, entre les lignes de cette dédicace. Peut-être, cependant, est-ce là une hypothèse d'auteur dramatique ; mais je la préfère, je l'avoue, à la légende qui accuse Richelieu d'une vilenie et Corneille d'une bassesse. Il me plaît de voir toujours grands et celui qui a créé le théâtre auquel j'appartiens et celui qui a fondé l'Académie à laquelle vous appartenez.

Mais Corneille est Corneille, Messieurs, il est seul ; on ne le compare pas, on le sépare. L'action civilisatrice que Richelieu lui demandait, qu'il espérait obtenir par le théâtre, qu'il croyait avec raison le théâtre capable d'exercer, va s'amoindrissant toujours après Corneille. Après lui, en effet, on en revient bien vite aux proportions du plus jeune et du plus faible de ses chefs-d'œuvre, à la poétique de ce *Cid* que Richelieu trouvait indigne de son temps, et que l'auteur, de son côté, déclarait n'avoir écrit que pour divertir le public. Racine lui-même n'obtient pas cette épithète de *grand* définitivement unie au nom de Corneille ; il n'obtient que celle de tendre, ce qui n'est pas assez, surtout depuis *Athalie*. Après Corneille enfin, le grand héroïsme cède de nouveau la place à l'amour qui redevient et reste l'unique cause et l'unique fin dans les conceptions dramatiques. La poétique du *Cid* reprend force de loi, et tout notre code pourrait se résumer dans ce vers si connu :

Sors vainqueur d'un combat dont Chimène est le prix.

En effet, tous les combats que nos héros livrent dans nos œuvres ont pour cause et doivent avoir pour récompense la possession d'une Chimène. Quand ils l'obtiennent, ils l'épousent et ils sont heureux : c'est la comédie ; quand ils ne l'obtiennent pas, ils sont désespérés, et ils en meurent : c'est la tragédie ou le drame. Il ne sera pas un véritable amant, par conséquent un véritable héros de théâtre, celui que nous n'aurons pas montré prêt à immoler sa fortune, sa gloire, sa vie, son honneur à la femme qu'il veut conquérir. Elle ne sera pas non plus une véritable amante, celle qui ne sera pas prête, comme Chimène, à pardonner jusqu'au meurtre de son père au Rodrigue qu'elle aime. A nous entendre, c'est la femme qui mène le monde. Là où l'historien n'a pas pu comprendre, là où le philosophe n'a pas pu expliquer, nous arrivons avec la femme et nous éclaircissons tout. Quand Rodrigue combat, c'est pour Chimène; quand Oreste assassine, c'est pour Hermione; quand Arnolphe s'arrache les cheveux, c'est pour Agnès; quand Alceste s'exile, c'est pour Célimène; quand Figaro pleure, c'est pour Suzon. Le théâtre devient le temple où l'on glorifie la femme; c'est là que nous l'adorons, que nous la plaignons, que nous l'excusons; c'est là qu'elle vient se venger de l'homme et s'entendre dire que, malgré les lois que les hommes ont faites et qui la déclarent esclave, elle est reine et maîtresse de son tyran. Le théâtre lui fait son apothéose terrestre. Tout par elle! Tout pour elle!

Oui, Messieurs, voilà notre infériorité dans la manifestation de la pensée. Nous sommes soumis à une seule cause: l'amour. Entre le public du théâtre et nous, chaque fois que nous entrons en rapport ensemble, il est tacitement convenu que c'est de l'amour que nous allons parler. La lutte ou l'alliance de l'homme et de la femme, tout le bien et tout le mal qui peuvent en résulter, la vie ou la mort donnée par l'amour, voilà notre thème, toujours le même, et voilà pourquoi quelques hommes sérieux croient que nous ne le sommes pas. Mais si nous n'avons pas pour nous tous les hommes sérieux, nous avons un allié naturel, bien puissant aussi, c'est la femme. Du moment que nous nous intéressons tant à elle, c'est bien le moins qu'elle s'intéresse à nos conceptions, elle qui a pour objet unique dans la vie l'amour. Fille, amante, épouse, mère, elle n'a qu'un instinct, qu'une pensée, qu'une action, qu'une gloire, aimer. Son esprit est donc toujours prêt pour qui l'entretient de l'éternel besoin de son cœur. Voilà pourquoi elle est affamée de littérature et surtout de théâtre ; voilà pourquoi, quand nous avons conquis la femme, nous sommes sûrs du succès ; voilà pourquoi enfin Corneille avait raison, comme auteur dramatique, quand il écrivait le *Cid;* pourquoi Richelieu avait raison, comme homme d'État, quand il le combattait ; et enfin pourquoi M. Lebrun avait tort quand il ne faisait pas, comme Corneille, son héroïne de théâtre sacrifiant tout à l'amour.

Eh bien, Messieurs, et c'est là que j'en voulais venir après cette longue digression qui rentre, du reste, dans la tradition de l'Académie puisqu'elle vous entretient un moment de votre fondateur ; eh bien, Messieurs, quand M. Lebrun a composé le *Cid d'Andalousie,* il a été de l'avis de Richelieu. Il avait été certainement frappé du défaut, défaut si séduisant, du premier chef-d'œuvre de Corneille, et il aspirait, en traitant un sujet identique, à montrer ce que Chimène aurait dû faire selon la nature et selon la morale. Il voulait élargir le cercle qui nous enferme. L'audace était grande, la tentative était noble; il a échoué. Il a eu beau s'autoriser du drame de Lope de Vega, *l'Étoile de Séville,* il a eu beau avoir pour lui la vérité, la morale, le bon sens, l'honneur, car il faut espérer qu'il n'y a pas dans le monde une honnête femme capable d'épouser le meurtrier de son père, n'importe, le public a été contre l'auteur hérétique, je dirai presque sacrilège, qui osait attaquer le dogme accepté et reconnu au théâtre de l'amour quand même. Il y a des légendes qu'il ne faut pas discuter, surtout chez nous; elles sont plus fortes que la raison et la vérité, parce qu'elles reposent sur le sentiment et l'imagination. Bref, ou il ne faut pas faire le *Cid,* ce qui est très-facile, ou il faut le faire comme Corneille l'a fait.

L'insuccès du *Cid d'Andalousie* fut non-seulement la cause du découragement qui amena M. Lebrun à renoncer à la scène, mais il jeta son esprit dans le doute sur le but même du théâtre. Je trouve la preuve de ce doute dans un paragraphe de la préface dont j'ai parlé plus haut. Voici ce que dit M. Lebrun : « Ici se présenterait, si cette préface ne s'était déjà trop prolongée, une question souvent agitée et qui n'est pas encore complétement résolue, bien que le bruit de la lutte ait cessé : la question de l'art moderne, de l'art français, des formes qui conviennent à notre théâtre, de l'extension qu'il peut admettre, des limites qu'il doit s'imposer pour satisfaire, en même temps que les exigences nouvelles, notre goût si différent de celui des autres pays ; car il y a un goût français, un goût d'ordre, de règles, de limites, de lois, même au milieu de la plus grande liberté. Cette question me conduirait loin ; il y aurait trop à dire. »

Voulez-vous me permettre, Messieurs, en courant le risque que M. Lebrun n'a pas osé courir, celui d'être trop long, voulez-vous me permettre de reprendre la question où il l'a laissée et de vous dire ce que j'en pense? Ne vous semble-t-il pas, puisque j'ai l'honneur de succéder à M. Lebrun, que cette discussion fait partie de l'héritage qu'il m'a légué, et qu'il y a là, pour moi, comme un devoir à remplir, d'autant plus que, dans une autre circonstance, dans une séance académique, M. Lebrun est revenu sur cette question, et qu'alors il semble avoir posé ses conclusions, en condamnant ici certaines tentatives, certaines audaces nouvelles? En recevant et en complimentant, avec raison, l'auteur du *Mariage d'Olympe* sur ce drame, M. Lebrun disait :

« Depuis un certain nombre d'années, il s'est répandu sur les théâtres, en faveur de certaines personnes bannies du monde, un goût de réhabilitation que je puis aussi peu comprendre que partager. La mode est venue partout d'offrir à l'intérêt du public des femmes tombées et souillées que la passion épure et relève. La passion autrefois était humiliée et repentante, elle est aujourd'hui glorifiée dans ses plus vifs excès. Elle tendait à se faire excuser; elle porte le front haut, elle défie, elle est insolente : c'est à l'honnêteté à baisser les yeux. On place ces femmes sur le piédestal, et l'on dit à nos femmes et à nos filles : Regardez, elles sont meilleures que vous. »

Je n'avais pas le plaisir, Messieurs, d'assister à la séance où ces paroles ont été prononcées, mais je suis certain qu'elles ont été accueillies par des applaudissements unanimes. Des paroles qui défendent la morale sont toujours et très-justement applaudies par des auditeurs comme ceux qui nous entourent. Mais, puisque, dans cette même enceinte où, le 28 janvier 1858, vous parlait M. Lebrun, j'ai l'honneur aujourd'hui, Messieurs, de parler devant vous (ce n'est peut-être pas ce jour-là qu'on eût pu le prévoir) ; puisque vous avez eu la bonté, — quelques-uns diront demain l'imprudence, — d'ouvrir votre porte à un des hommes dont les œuvres ont été ici même, et sont encore en quelques endroits, accusées d'immoralité ; puisque cet homme a une occasion solennelle, unique dans la vie d'un écrivain, de défendre ses idées devant vous, c'est-à-dire devant le tribunal le plus éclairé et le plus compétent du monde, permettez-lui de répondre à cette accusation d'immoralité littéraire qui pèse sur lui et sur grand nombre de ses confrères, et, pour commencer, de prendre à partie cette fameuse phrase qui nous poursuit partout : Pourquoi conviez-vous nos femmes et nos filles à de pareils spectacles ?

D'abord, Messieurs, nous ne convions personne à venir entendre nos comédies ou nos drames. Nous écrivons des drames ou des comédies, nous les faisons représenter, quand les directeurs le veulent bien ; y vient qui veut. On n'y est pas forcé, malheureusement. Quant aux femmes, nous n'avons pas besoin de les inviter à venir au théâtre, elles y viennent bien toutes seules, et elles ont raison, puisque c'est là qu'on s'occupe le plus d'elles. Les jeunes filles, c'est autre chose ; nous ne les convions jamais. Il n'y a pas de contrat possible entre nous et ces âmes délicates qui n'ont d'exemples et de leçons à recevoir que de leur famille ou de leur religion. Nous n'avons pas plus à savoir qu'il y a des jeunes filles qu'elles n'ont à savoir qu'il y a des auteurs dramatiques. Ni l'innocente Agnès qui cache Horace dans sa chambre, après l'avoir vu de son balcon, ni la rusée Rosine qui correspond avec Lindor, après l'avoir aperçu de sa fenêtre, ni la tendre Juliette qui donne rendez-vous à Roméo, l'ennemi de sa famille, le jour où elle le rencontre pour la première fois, ni l'ardente Desdémone qui abandonne la maison paternelle pour suivre le nègre Othello, ne sont modèles à proposer aux jeunes filles, ni même tableaux à leur faire voir. Il serait malheureux cependant que nous n'eussions ni Agnès, ni Rosine, ni Juliette, ni Desdémone, parce qu'il y a des parents qui veulent absolument conduire leurs filles au spectacle. En un mot, Messieurs, et c'est un homme de théâtre qui vous parle, il ne faut jamais nous amener les jeunes filles. Et savez-vous pourquoi je m'exprime si nettement? Parce que je respecte tout ce qui est respectable. Je respecte trop les jeunes filles pour les convier à tout ce que j'ai à dire, et je respecte trop mon art pour le réduire à ce qu'elles peuvent entendre.

Ceci posé, M. Lebrun avait-il raison de repousser la discussion sur les limites du théâtre, en craignant qu'elle ne l'entraînât trop loin? Non ; car il eût pu conclure en ces quelques mots : « Notre art n'a pas de limites. » En effet, ces limites étant reculées par chaque mouvement nouveau que font les sociétés, il est impossible de les placer ici ou là. Un art qui, pour nous en tenir à la France et au passé, peut inscrire à ses quatre points cardinaux : *Polyeucte, Tartuffe, Phèdre* et *le Mariage de Figaro,* un tel art embrasse l'humanité tout entière. Tout ce qui est du cœur humain est à nous. La vérité, voilà notre devoir ; la bien dire, voilà notre art ; l'imposer, voilà notre but.

Nous sommes astreints et restreints à un seul principe : l'amour, cela est vrai ; mais, comme ce principe est celui de la vie même, il nous permet tous les développements imaginables. Tout ce qui résulte de la vie, les passions, les vices, les caractères, les questions morales et sociales en un mot, peuvent facilement tourner autour ; et, plus nous sommes dans la fiction, plus nous avons le droit de pousser jusqu'à ses dernières conséquences, jusqu'à ses dernières fatalités, les réalités de notre monde imaginaire. Je m'étonne donc que M. Lebrun, qui avait été audacieux à son heure et dans la mesure de ses forces, et qui connaissait cette loi fondamentale du théâtre, puisqu'il était un des adorateurs de l'antiquité, laquelle ne s'en écartait jamais, je m'étonne que M. Lebrun ait voulu refuser la scène à certains personnages et à certaines mœurs qui ont eu et qui auront encore, et, de plus en plus, tant d'action sur notre monde moderne. Je crois aussi qu'il n'avait ni bien vu, ni bien lu ces œuvres nouvelles. Peut-être s'en fiait-il un peu aux récits qu'on lui en faisait. Ses nombreux travaux, son âge déjà avancé, ne lui laissaient peut-être plus ni le temps ni le goût de l'examen personnel. Pour moi, qui étais jeune alors et fort au courant de la littérature dramatique contemporaine, je n'ai pas vu une seule pièce où les personnes dont il est question dans le paragraphe que j'ai cité fussent placées sur un piédestal et déclarées meilleures que les honnêtes femmes. La morale absolue domine le théâtre comme elle domine toutes les assemblées. Notre public, en apparence si frivole et si léger, a une pudeur collective, impitoyable, je dirai plus, involontaire, qui se révolte au moindre attentat. Il est d'une sensibilité, d'une susceptibilité qui va quelquefois jusqu'à la pruderie, et il n'eût jamais souffert et il ne souffrira jamais une comparaison entre le mal et le bien, à l'avantage du mal.

Nous n'avons donc d'autres bases pour la construction de notre œuvre, que la vérité et la morale adaptées nécessairement aux formes particulières que le théâtre commande. Dès que nous nous écartons de la vérité, le public devient distrait ; dès que nous nous écartons de la morale, il devient hostile. Il ne nous permet certains excès dans la passion, les caractères et les mœurs qu'avec le sous-entendu que justice en sera faite presque aussitôt. Il a une faiblesse, c'est vrai, il faut bien lui en passer une ; il veut absolument que nous l'intéressions, que nous le fassions rire ou pleurer, rire et pleurer en même temps, si c'est possible ; mais jamais il ne s'intéresse, ne rit ou ne pleure que lorsque la situation est vraie.

M. Lebrun se trompait donc, de très-bonne foi, comme il faisait toutes choses, en accusant certains auteurs, que le public applaudissait, de glorifier ce qui est condamnable, et de mettre dans la lumière et sur un piédestal ce qui doit rester en bas et dans l'ombre. Pas une de ces pièces incriminées qui n'ait conclu par le châtiment le plus rigoureux, le plus implacable. Plaindre n'est pas glorifier, apitoyer n'est pas corrompre. Si le poëte dramatique a eu, ne fût-ce qu'une fois dans sa vie, la preuve qu'un sentiment pur et vrai peut subsister dans une créature momentanément avilie, peut-être plus par la faute des autres que par sa propre faute, c'est son droit, c'est son devoir de le dire.

Cette créature est l'exception, m'objecterez-vous. Hé, Messieurs, le théâtre ne vit que d'exceptions. Une vertu irréprochable, un héroïsme supérieur, sont aussi exceptionnels qu'un vice sans remède ou qu'une passion sans frein. Quels sont les types immortels du théâtre ancien et moderne qui ne soient pas des exceptions? Est-ce Oreste? Est-ce OEdipe? Est-ce Clytemnestre, Électre, Hermione, Agrippine, Chimène, Polyeucte, Néron, Horace, Phèdre, Tartuffe, Alceste, Hamlet, Macbeth, Othello, Iago, don Juan, Faust? Je ne vois là que des incarnations des passions les plus nobles chez les uns, les plus viles chez les autres, mais toutes au-dessous ou au-dessus de la moyenne humaine, autrement dit, dans l'exception. Une action dramatique n'est pas autre chose qu'un individu, dans son tort ou dans son droit, en antagonisme avec une collectivité qui lui est incompatible. Révolte d'un individu contre le milieu qui l'entoure, résistance de ce milieu à l'individu qui veut se dégager de lui, lutte de deux absolus, le devoir et la passion.

Lorsqu'après Schiller, M. Lebrun nous a représenté Marie Stuart, avait-il choisi la personnification de toutes les vertus? Était-ce une personne si recommandable que cette jeune veuve de François II qui, amante de Rizzio et complice volontaire ou non du meurtre de Darnley, épousait quelques mois plus tard celui qu'elle savait être le meurtrier de son époux? La trouvez-vous bien intéressante dans la réalité, cette homicide, cette adultère? Pourquoi M. Lebrun la choisit-il pour l'héroïne de son drame? Pourquoi nous cache-t-il ses fautes, et ne nous montre-t-il que ses malheurs? Est-elle plus excusable parce qu'elle est reine? Est-elle plus sacrée parce qu'elle est historique? Est-elle moins odieuse parce qu'elle est d'une noble race? Non : mais la mission du poëte est d'émouvoir, son devoir est de plaindre, son droit est d'absoudre.

Celui ou ceux à qui M. Lebrun reprochait plus tard de compromettre la scène en y absolvant des femmes coupables, ne faisaient que ce qu'il avait fait lui-même; car le droit est égal pour tous les poëtes, qu'ils prennent leurs sujets dans les faits historiques ou dans l'observation humaine ; et que ce soit la loi politique qui tue la pécheresse royale ou que ce soit la loi sociale qui tue la pécheresse mondaine, c'est toujours la mort, le châtiment, les larmes pour le spectateur, le pardon pour la coupable. Elle est absoute du moment que vous avez pleuré; car, comme l'a si bien dit le poëte des *Nuits* et de *l'Espoir en Dieu :*

Car une larme coule et ne se trompe pas.

Eh bien, Messieurs, cette femme déchue, coupable, repentante, révoltée, dangereuse, qui inspire aussi justement à l'un la pitié qu'elle inspire à l'autre la colère, selon qu'elle se repent ou qu'elle persiste, c'est encore la femme, sous une nouvelle forme, c'est-à-dire l'âme même du théâtre; c'est une certaine femme, se débattant entre les tentations de la richesse qui l'environne et les conseils de la misère qui l'opprime. Il y a là une lutte terrible, non pas seulement celle de la passion avec le devoir, mais celle de l'honneur même avec l'ignorance et la faim. Il y a là un drame poignant dont le dénoûment est le triomphe possible du bien pour lequel nous ne saurions témoigner trop d'admiration et de respect, mais aussi la chance possible d'une chute pour laquelle on ne saurait nous interdire la compassion, puisque nous n'avons rien prévu pour l'empêcher; enfin il y a là un problème que la société n'a pas encore pu résoudre, et devant lequel les philosophes, les législateurs et les économistes eux-mêmes s'arrêtent épouvantés et impuissants. Et nous, le théâtre, nous qui vivons de la peinture des mœurs et des caractères, des passions et des vices, en un mot de toutes les luttes de notre pauvre nature humaine, nous aurions passé, sans rien dire, en détournant la tête, en nous voilant pudiquement le visage devant cette forme nouvelle, intéressante et inquiétante de la femme? Non,

Messieurs, c'était impossible. Des auteurs hardis qui croient que le théâtre a non-seulement à donner les enseignements qui doivent le rendre moral, mais à fournir les renseignements qui peuvent le rendre utile, des auteurs se sont emparés de cette question nouvelle, et l'ont discutée devant le public, en lui disant : « Ne sois pas trop sévère, il y a là une grande infortune; ne sois pas trop distrait, il y a là un grand danger. »

Nous savons bien que la *Climène* et le *marquis* de la *Critique de l'École des femmes* continueront à crier au scandale ; non pas parce que nous attaquons la bonne morale qui est inattaquable, mais parce que nous attaquons les mauvaises mœurs dont ils se trouvent quelquefois si bien ; nous savons aussi que nombre d'esprits honnêtes et sincères, qui n'ont besoin ni de nos enseignements ni de nos renseignements, continueront à trouver que nous dépassons nos droits et que nous nous mêlons de choses qui ne nous regardent pas ; rien n'y fera, nous empiéterons toujours sur les pouvoirs constitués, ne reconnaissant d'autres limites que la résistance du public. Tant qu'il nous laissera aller, nous serons chez nous ; et, tant que nous croirons que les sociétés se trompent, nous viendrons leur dire : Vos ridicules sont grotesques, vos passions sont malsaines, vos préjugés sont faux, vos vices sont exécrables, vos mœurs sont à modifier, vos lois mêmes sont à refaire. Oui, Messieurs, nous irons, nous allons jusque-là.

Pour être franc jusqu'au bout, mais je vous le dis bien bas, nous sommes des révolutionnaires. Les gouvernements le savent du reste; aussi ont-ils établi une censure qui fonctionne continuellement, rien que pour nous. Mais comme elle n'a jamais rien pu empêcher, ni *Tartuffe,* ni *le Mariage de Figaro,* ni *Marion Delorme,* nous ne lui gardons pas rancune et nous marchons toujours.

Voilà, Messieurs, ce que j'aurais dit à M. Lebrun si j'avais eu l'occasion et l'honneur de m'entretenir avec lui de cette question du théâtre; et, peut-être, si j'avais pu le convaincre, n'eût-il pas eu le chagrin de renoncer à la scène. Il s'est trop défié de notre art, du public et de lui-même.

Il n'a cessé cependant, jusqu'à la fin de sa vie, de s'intéresser aux œuvres dramatiques et d'applaudir aux succès de ses rivaux plus heureux et plus persévérants que lui. Il en est peu à qui il n'ait tendu la main pour les faire arriver jusqu'à vous, et sa protection dans votre illustre compagnie était une des plus grandes chances de succès qu'un candidat pût avoir, car il était la justice, le bon sens, la loyauté mêmes. L'Académie avait pour lui un respect et une affection sans bornes. Il lui rendait tous les sentiments qu'elle lui témoignait, et sa plus grande joie était de partager ses travaux.

Le gouvernement de Juillet l'avait nommé pair de France, l'Empire le nomma sénateur : il lui devait bien cela. M. Lebrun était, du reste, de ces hommes nés, pour ainsi dire, indispensables à tout gouvernement régulier. A la chambre des pairs, comme au sénat, il ne se présenta pas une question importante que M. Lebrun n'apportât son opinion, toujours avec la plus grande modestie, mais toujours aussi avec une sincérité et une clairvoyance remarquables. Sur *le Travail des enfants,* sur *les Entreprises théâtrales et la censure,* sur *la Liberté de l'enseignement,* sur *le Droit de propriété des œuvres littéraires,* enfin sur *le Projet des fortifications de Paris,* discussion où il a été encore une fois prophète, et où il a montré une véritable science militaire jointe à une grande perspicacité politique; dans toutes ces questions, il a été clair, érudit, convaincu, sincère, ami des progrès pacifiques et des libertés sages et fécondes.

Aussi, Messieurs, dès que j'ai eu l'honneur d'être appelé à remplacer M. Lebrun, je n'ai entendu parmi vous que cette phrase : Vous succédez au plus aimable, au plus laborieux, au plus honnête des hommes. Oui, Messieurs, nous voilà réunis aujourd'hui pour honorer la mémoire d'un écrivain qui ne fut pas ce qu'on peut appeler un écrivain de génie. Dieu me garde de lui manquer de respect en le plaçant au-dessus de ce qu'il fut, même dans un éloge académique ! Et cependant votre Académie est profondément émue au souvenir de ce confrère ; et ma tâche m'est facile, à moi qui n'ai jamais adressé la parole à celui que j'ai l'honneur de remplacer. Cela vient, Messieurs, de ce qu'il a eu soin de nous mettre tous d'accord par le spectacle de sa vie ; c'est que l'honnêteté est aussi un génie ; c'est celui de l'âme, et celui-là crée tout autant que l'autre. Durant la longue carrière de M. Lebrun, il n'y a pas une défaillance; il n'y a pas même une hésitation. Cet esprit est élevé, ce cœur est bon, cette âme est ferme.

En vous parlant de mon précédesseur, je n'ai rien à expliquer, je n'ai rien à sous-entendre. Près de quatre-vingts ans de talent, de travail et d'honneur! C'est clair comme le jour. Enfin, Messieurs, si j'avais à résumer M. Lebrun en un seul mot, je dirais qu'il a été toute sa vie ce qu'il est si difficile d'être : un homme. Et Dieu veuille que celui qui me succédera ici puisse en dire autant de moi, devant une assemblée comme la vôtre!

DISCOURS

DE

M. D'HAUSSONVILLE

DISCOURS

DE

M. D'HAUSSONVILLE

DIRECTEUR DE L'ACADÉMIE

EN RÉPONSE AU DISCOURS PRONONCÉ

PAR M. ALEXANDRE DUMAS FILS

POUR SA RÉCEPTION

A L'ACADÉMIE FRANÇAISE

Le 11 février 1875

PARIS

LIBRAIRIE ACADÉMIQUE

DIDIER ET Cie, LIBRAIRES-ÉDITEURS

35, QUAI DES AUGUSTINS

1875

DISCOURS

DE

M. D'HAUSSONVILLE

Monsieur,

J'ai tout d'abord été un peu effrayé de l'honneur qui m'est échu de vous recevoir, et votre discours ne laisse pas que d'ajouter à mon embarras. Entendons-nous. La difficulté n'est pas de vous louer. S'il ne s'agissait que de vous souhaiter la bienvenue, je serais assuré d'être le fidèle interprète de tous mes confrères. S'il suffisait d'énumérer vos titres à nos suffrages, je pourrais compter sur l'approbation de ce public d'élite qui se presse si nombreux dans cette enceinte, afin de connaître l'auteur de tant d'œuvres saluées, chaque soir, de ses plus vifs applaudissements. Mon inquiétude vient d'ailleurs, et je vous en avouerai la cause. Vos romans, vos pièces de théâtre, vos moindres brochures, tout ce qu'il vous a plu d'écrire est trop connu, trop présent à la mémoire et trop goûté. Voilà ce qui me gêne. Comment n'envierais-je pas un peu ceux de mes prédécesseurs qui, ayant à recevoir, de la place que j'occupe en ce moment, quelque nouveau confrère, ont pu se flatter qu'ils allaient, pour la première fois, mettre en lumière des agréments inconnus de leur auditoire, et, qui sait? du récipiendiaire lui-même?

Avec vous il ne faut pas compter, Monsieur, sur une pareille bonne fortune. Le public a pris tant de goût à vos œuvres qu'il vous sait gré de lui servir au théâtre les mêmes situations qui l'ont déjà intéressé dans vos romans. Vos personnages sont devenus pour lui des connaissances intimes. Les titres de quelques-unes de vos pièces ont passé couramment dans la langue commune. Il y a des passages entiers de vos comédies que, du parterre et des loges, les spectateurs pourraient, au besoin, souffler aux acteurs. On ne vous cite pas seulement de mémoire, on vous discute aussi beaucoup, ce qui est un autre signe du succès. Vos premières représentations ont toujours eu le don d'exciter singulièrement les esprits. Elles ont ouvert le champ à toutes sortes de controverses. En rendant compte de vos ouvrages, avec une compétence qui ne m'appartiendra jamais, nos critiques les plus fins n'ont pas manqué d'agiter entre eux toutes les questions qui se rattachent à l'art dramatique. La mêlée a été chaude autant que brillante. Vous-même, Monsieur, n'avez pas hésité à descendre dans l'arène, non pas, tant s'en faut, pour accourir à votre défense. Outre qu'il n'en était pas besoin, c'était le moindre de vos soucis. Les préfaces mises en tête de vos pièces, et qui font désormais corps avec elles, n'ont rien qui ressemble à des plaidoyers d'auteur. On dirait plutôt que, pour écarter tout soupçon de flatterie, vous avez voulu le prendre d'un peu haut avec vos lecteurs. Vous n'entendez évidemment rompre de lances que pour les idées qui vous sont chères et pour les thèses dont l'excellence ne fait pas doute à vos yeux.

Personne n'a donc été étonné tout à l'heure, quand, à l'occasion du *Cid d'Andalousie*, vous n'avez pas hésité à aborder de plain-pied les questions si graves et si délicates qui se rattachent au théâtre. Il vous appartenait de parler avec aisance des chefs-d'œuvre légués au théâtre par les génies de tous les siècles et de faire converser familièrement devant nous Richelieu avec Corneille. Lorsque vous prononcez, presque de pair à compagnon, les noms de Molière, de Regnard, de Le Sage, celui de Beaumarchais, avec lequel il serait facile de vous découvrir plus d'une ressemblance, on sent que vous êtes sur votre terrain, dans votre propre maison, j'allais dire en famille. On vous connaissait, Monsieur, le don de l'heureuse invention, de la mise en relief saisissante, du dialogue vif et serré ; vous venez de prouver que vous possédez également ce que j'appellerais volontiers, si l'expression n'était pas tant soit peu contradictoire, le génie même du métier.

Il est vraiment dommage que la réplique ne vous soit pas donnée par quelques-uns de mes confrères versés, comme vous, dans les choses du théâtre, habitués à partager avec vous les applaudissements de la foule, et qui sont, à la fois, vos émules les plus brillants et vos meilleurs amis. Combien il aurait été intéressant de les entendre vous contester peut-être le droit que vous réclamez pour l'art dramatique de ne reconnaître aucune limite! Vous vous plaignez du rôle trop considérable attribué aux femmes sur le théâtre moderne, particulièrement en France. Je doute qu'elles soient de votre avis. Si leur goût avait été consulté, je pourrais presque nommer les champions déjà éprouvés qu'elles auraient désignés pour défendre leur cause. Puisque le sort les a si mal servies, il faut qu'elles se résignent. J'ai moi-même besoin de quelque abnégation pour oser aborder, après vous, des sujets pour lesquels je me sens mal préparé. Vous êtes parti le premier; vous avez choisi votre voie; je suis tenu de vous y suivre. Il me faut, à mes risques et périls, me hasarder par les chemins que vous venez de parcourir en triomphateur. Pas moyen de reculer. Le plus sûr est de m'exécuter bravement; et, pour me donner courage, l'envie me prend, Monsieur, de commencer par vous contredire un peu.

Vous venez de vous accuser d'avoir, pour ouvrir la porte de cette enceinte, usé de sortilége et de magie. Vous semblez croire que vous nous avez, pour ainsi dire, forcé la main en vous plaçant sous le patronage tout-puissant du nom que vous portez et qui vous aurait aidé, comme un bon génie, à triompher de tous les obstacles. Notre compagnie, qui vit de traditions, éprouve, en effet, une véritable joie quand elle a le bonheur de rencontrer l'hérédité dans le talent. Elle a donc été heureuse d'honorer dans votre personne une mémoire dont vous êtes justement fier. Croyez-le bien, toutefois, le véritable magicien, c'est encore vous. Nous ne nous sentions d'ailleurs aucun tort à expier envers l'auteur d'*Antony*, des *Trois Mousquetaires* et de *Mademoiselle de Belle-Isle.* Ce n'est pas nous qui l'avons oublié. Nos règlements, dont vous avez reconnu la sagesse, puisque vous vous y êtes soumis, nous interdisent d'apporter nos suffrages à quiconque n'a pas témoigné par écrit le désir de nous appartenir. Votre illustre père les aurait sans doute obtenus s'il les avait demandés. A l'exemple de Balzac, de Béranger, de Lamennais et de tant d'autres, pour ne parler que des morts, il a préféré demeurer ce que vous appelez quelque part « un académicien du dehors ». Pour vous, Monsieur, au premier signe que vous avez fait, nous avons eu hâte de vous admettre au dedans, et nous nous en réjouissons.

J'ignore dans quelle mesure vous avez pu, au temps de votre première jeunesse, vous inspirer des œuvres de votre père. La critique littéraire, dont l'indiscrétion est sans limites, s'appliquera probablement un jour à vous comparer tous deux, et peut-être à vous opposer l'un à l'autre. A Dieu ne plaise que je devance ses jugements ! Si par hasard le goût des comparaisons classiques était alors redevenu à la mode, je m'imagine que, pour donner une idée du talent de votre père, on le représentera volontiers comme l'un de ces fleuves puissants, aux larges rives, à la course vagabonde, coulant à pleins bords avec une force exubérante, toujours prompts à passer par-dessus leurs digues et à tout inonder autour d'eux, mais charriant des parcelles d'or dans leurs ondes un peu mêlées. Les juges compétents remarqueront, au contraire, avec quel soin vous avez de très-bonne heure veillé sur le trésor des dons qui vous ont été si largement départis. A cette heure difficile où le tapage de vos vingt ans devait bruire si fort à vos oreilles, vous avez su écouter la voix secrète de la muse que vous sentiez en vous. Elle vous priait de la respecter et de ne pas dévorer en un jour toutes les promesses de l'avenir. C'est elle qui vous a enseigné à gouverner votre talent ; c'est à elle que vous devez d'avoir résisté à la tentation d'exploiter vos succès au profit de vos plaisirs et de battre immédiatement monnaie avec vos premiers triomphes.

Quel n'en a pas été l'éclat ! C'était aux environs de 1845. Les feuilles de votre premier roman, *la Dame aux Camélias,* n'avaient pas encore eu le temps de sécher à l'imprimerie, que M. Jules Janin revendiquait le plaisir de se faire, auprès du public, l'introducteur de la seconde édition : « Le fils d'Alexandre Dumas, à peine échappé du collége, marche déjà d'un pas sûr, écrivait-il, dans la trace brillante de son père. Il en a la vivacité et l'émotion intérieure ; il en a le style vif et rapide, avec un peu de ce dialogue si naturel, si facile, si varié, qui donne aux romans de ce grand inventeur le charme, le goût et l'accent de la comédie. » Il y avait comme une sorte de prophétie dans le jugement de celui qu'on appelait alors, si je m'en souviens bien, le prince de la critique théâtrale. Ses éloges vous conviaient à tenter les hasards de la scène, et c'était bien là, en effet, votre véritable vocation. Vous l'avez prouvé lorsque, pour votre coup d'essai, vous avez transporté précisément sur les planches le sujet de *la Dame aux Camélias*. Ce jour-là, est-ce par droit de naissance ou par droit de conquête? vous vous êtes emparé du théâtre. Les batailles que vous y avez livrées ont toutes tourné à votre honneur. C'est pourquoi je ne pense pas vous être désagréable en reportant vos souvenirs vers quelques-unes de ces journées. Si je réussissais à rapprocher vos œuvres des idées générales dont vous venez d'entretenir cet auditoire, peut-être me serait-il donné de lui faire ainsi mieux saisir et apprécier les faces multiples de votre talent. J'en profiterai, si vous le permettez, pour vous soumettre, chemin faisant, de légers doutes qui se sont élevés dans mon esprit sur quelques points où ne tombons pas tout à fait d'accord.

Allons droit à ces divergences. Ne vous êtes-vous pas trompé, Monsieur, lorsque, posant M. Lebrun en accusateur, et vous-même en accusé, vous avez cru que les louanges si délicates et si justes adressées à l'auteur du *Mariage d'Olympe* contenaient une leçon indirecte pour l'auteur de la *Dame aux Camélias?* Il y a méprise de votre part. Les paroles prononcées à la réception de M. Augier ne vous visaient pas. En voulez-vous la preuve? Au sein de la commission instituée pour décerner une récompense nationale à l'auteur d'une œuvre dramatique « remplissant toutes les conditions désirables d'un but honnête et d'une exécution brillante » (ce sont les termes du décret impérial), M. Lebrun s'est constitué le plus chaleureux de vos avocats. Il n'a pas tenu à lui que vous ne fussiez, en 1856, le lauréat proposé par les juges officiellement chargés de désigner à la bienveillance du souverain le poëte dramatique le plus moral de son temps. Consciencieux, comme vous nous l'avez si bien dépeint, votre prédécesseur se serait bien gardé de venir, deux ans plus tard, jeter publiquement la première pierre au candidat récemment honoré de ses préférences. Il est vrai que le concours n'a pas abouti. Le prix ne fut pas adjugé. Toujours est-il, qu'aux yeux de M. Lebrun, vous en étiez le plus digne. Laissez-moi donc vous rappeler, dût votre modestie en être embarrassée, que ce n'est pas sa faute si vous n'avez pas été couronné ailleurs pour votre vertu avant de l'être ici pour votre talent.

Rassurez-vous, il ne s'agit pas de vous faire subir un nouvel examen. Je n'en ai nulle envie, et, s'il faut parler net, je ne me sens pas plus de droit à vous octroyer pareil diplôme, que vous ne vous sentez probablement de goût à le recevoir de mes mains. Pour mon compte, je vais plus loin. Je me surprends à douter que l'Académie française ait qualité, je ne dis pas pour distribuer des prix de vertu, c'est une mission qui nous a été confiée par la générosité de M. de Montyon, et dont nous tâchons de nous tirer de notre mieux, mais pour distribuer ces prix de vertu aux auteurs dramatiques. Qu'il y ait incompatibilité absolue d'humeur entre le théâtre et la morale, je ne le prétends pas non plus. Peut-être pourrait-on les comparer à l'un de ces ménages dont aucun tribunal n'a prononcé la séparation, bien que, par un accord tacite, le mari et la femme vivent chacun de leur côté et affectent de ne pas se connaître. Je suis un peu comme les gens du monde qui savent gré aux couples mal assortis du soin qu'ils prennent de dissimuler leurs querelles. En fait de morale dramatique, je ne me sens d'ailleurs nullement porté à la sévérité. Je ne redoute pas, sur la scène, ceux qui se proclament, comme vous venez de le faire, des révolutionnaires et prennent pour devise le mot que Danton appliquait à la politique. Je suis disposé à leur passer beaucoup d'audace parce que je suis décidé à leur concéder beaucoup de liberté. Volontiers je leur accorderai que leur art ne reconnaît pas de limites si, d'eux-mêmes, ils veulent bien circonscrire un peu leur domaine. A la seule condition qu'ils ne se plaisent pas à braver les prescriptions du bon sens et les exigences du bon goût, je les verrai sans déplaisir s'affranchir des règles factices et renverser les barrières de convention.

Je reconnais avec vous, Monsieur, que la position des auteurs comiques est particulièrement difficile, et vous avez raison de solliciter pour eux l'appui des honnêtes gens. Comme les peintres, comme les sculpteurs, ce sont des artistes qui entreprennent de représenter la nature humaine telle qu'elle apparaît à leurs yeux, mais le malheur veut qu'il leur faille vivre au milieu de leurs modèles, le plus souvent, assez mal satisfaits d'une trop exacte ressemblance. Avez-vous jamais rencontré des femmes qui, mises en face de leur photographie, ne se soient, avec raison, trouvées fort enlaidies? D'ordinaire elles jugent assez peu gracieuse la pose qui leur a été donnée, ou plutôt, qu'elles ont choisie : rien à leur répondre. Mais à celles qui jetteraient les hauts cris parce qu'elles ont été représentées trop décolletées, il est permis de rappeler qu'elles ne doivent s'en prendre qu'à elles-mêmes. Ne serait-ce point là, Monsieur, à peu de chose près, la situation de notre société moderne à l'égard des auteurs comiques?

Vous êtes, suivant moi, dans le vrai, lorsque vous revendiquez pour eux le droit de choisir le sujet de leurs compositions et celui de peindre leurs personnages d'après nature, tels qu'ils les voient. Cette liberté, Monsieur, vous en avez usé à vos débuts avec une certaine hardiesse. Je ne vous en blâme pas. Je ne sens même pas le besoin d'appeler à mon secours le souvenir des comédies de Térence ou des dialogues de Lucien pour vous absoudre du reproche d'avoir introduit la courtisane au théâtre. Aussi bien, vous n'avez guère songé à ces modèles classiques. Vous vous êtes inspiré du spectacle des mœurs que vous aviez autour de vous; vous vous êtes servi un peu de vos souvenirs et beaucoup de votre imagination, quand vous avez créé le drame de *la Dame aux Camélias.* Admise par les uns, contestée par d'autres, touchante pour tous, Marguerite Gauthier, après avoir fait courir la France entière, a bientôt commencé son tour d'Europe. Elle a voyagé, tantôt à visage découvert sous son propre nom, tantôt sous le masque d'une étrangère, accompagnée et comme fêtée par la charmante musique de l'un des plus habiles compositeurs de notre temps. On ne lui a nulle part tenu rigueur. Nouvelle Manon Lescaut, elle n'a rencontré partout que des chevaliers des Grieux. Ah ! si vous aviez prétendu l'offrir comme un exemple, si vous nous aviez demandé non pas seulement de la plaindre, mais de l'admirer, j'aurais eu plus d'une réserve à exprimer. L'amour vénal ne mérite pas qu'on fasse pour lui des frais de réhabilitation, encore moins qu'on lui décerne une sorte d'apothéose, à laquelle vous ne semblez pas avoir sérieusement songé. Provoquer, à force d'habileté, l'intérêt des spectateurs en faveur d'une jeune femme dégradée de bonne heure, alors qu'elle avait à peine conscience de son avilissement, et qui le rachète par le repentir, par la souffrance, par la mort, c'est, pour un auteur dramatique, le plus légitime emploi des ressources de son art. Est-il juste d'aller, comme vous l'avez fait tout à l'heure, jusqu'à mettre sur le même pied Marguerite Gauthier et Marie Stuart ? Je ne saurais vous suivre aussi loin. A supposer que la reine d'Écosse ait été coupable des égarements de conduite mis à sa charge par ses ennemis et que l'histoire ne considère pas comme suffisamment prouvés, une distance infranchissable les séparerait encore. La naissance ou la fortune n'ont rien à voir ici. C'est à bon droit que, dans son verdict définitif, le public se montre indulgent ou sévère, suivant qu'à l'origine de la faute il rencontre les entraînements de la passion ou les calculs de l'intérêt. Mais je m'arrête. A quoi bon insister ? Vous avez prouvé que vous étiez vous-même de mon avis en vous hâtant de prendre congé de ces divinités de hasard, dont les faveurs se payent comptant, et vous avez vite compris que ce serait peine perdue de semer sur cette fange les perles de votre écrin.

La *Dame aux Camélias* attirait encore la foule que déjà vous aviez achevé *Diane de Lys*. Je rapproche ces deux pièces parce qu'elles me semblent constituer ce qu'on pourrait appeler votre première manière. Depuis, vous avez paru en adopter une autre. Entre elles je n'ai garde d'indiquer aucune préférence. Je me borne à constater que tout coule de source dans ces créations de votre jeunesse. Les données en sont très-simples. Leur allure est naturelle, franche, rapide. Nul apprêt; point de parti pris. On n'y rencontre pas de thèses obstinément soutenues pendant cinq actes. Dans le drame de *Diane de Lys*, l'intérêt s'attache exclusivement aux personnages. On dirait que vous les avez imaginés, et que vous les faites agir et parler pour votre plaisir. Vous leur avez prêté cette langue à la fois familière et acérée qui est demeurée l'un de vos secrets. Les mots heureux qu'avec votre profusion ordinaire vous avez mis dans leur bouche ne sont pas de fantaisie; ils servent, le plus souvent, à résumer leur caractère. A peine, en cherchant bien, pourrait-on découvrir les indices de quelque intention secrète. Vous nous montrez le sculpteur Taupin profondément découragé, médisant de lui-même et de son art, entravé, dans sa carrière d'artiste, parce qu'il a eu la faiblesse, au début de la vie, de choisir dans les bas-fonds une épouse indigne de lui. Paul, le peintre de génie, jette au loin ses pinceaux, et rencontre une mort prématurée parce qu'il a eu le malheur de s'éprendre d'une dame du monde. Qu'est-ce à dire? Serais-je sur la voie, en supposant qu'il y a là comme un acte d'hostilité anticipée, une sorte d'escarmouche d'avant-garde annonçant la campagne que vous avez depuis si résolûment menée contre l'influence fâcheuse des femmes? Dans la *Dame aux Camélias,* dans *Diane de Lys,* vous ne semblez pas toutefois avoir songé à vous ériger en censeur des mœurs de votre temps. Vous vous contentez de les observer de près, de les peindre vivement, sans répugnance, au moins apparente, et sans blâme formellement exprimé. Il en est autrement de votre pièce du *Demi-Monde.*

Vous avez fait là, Monsieur, une véritable découverte; non pas, à dire vrai, que cette terre soit restée jusqu'à vous parfaitement inconnue. Avant le jour où vous y avez abordé, elle flottait comme une île mouvante dont les bords, du reste, n'ont rien d'escarpé. Vous avez si bien déterminé sa place sur la carte, vous nous en avez donné une description géographique si exacte, vous en avez pris si complétement possession, qu'elle semble ne plus devoir porter désormais d'autre nom que celui dont vous l'avez baptisée. C'est une œuvre qui restera. Au lieu de mon jugement, voulez-vous connaître celui qu'en a porté M. Sainte-Beuve? Voici ce que je trouve consigné au *Moniteur officiel* à propos du *Demi-Monde*, par ce maître des élégances, qui, d'ailleurs, n'a pas beaucoup parlé des choses de théâtre : « Ample justice doit être rendue à cette dernière « pièce, à ces quatre premiers actes surtout, si nets

« d'allures et de langage, coupés dans le vif, semés « de mots piquants ou acérés..... Dans cette scène « parfaite entre Raymond et Ollivier chez Mme Ver- « nières, il y a une leçon en même temps qu'une défi- « nition, leçon donnée sur place au cœur du camp « ennemi, de la façon la plus neuve, la plus insultante « et qui se ressent le mieux. Ce panier de pêches a « fait fortune dès le premier jour, il a fait le tour de « la société. Et le mérite de cette scène n'est pas seu- « lement dans un ou deux jolis traits que l'on en peut « détacher, il consiste aussi dans un jet qui recom- « mence et redouble à plusieurs reprises, toujours « avec un nouveau bonheur et une fertilité d'images, « une verve d'expressions comme il s'en rencontre chez « les bons comiques. C'est une de ces scènes, enfin, « qui justifient cette définition de la bonne comédie, « qu'elle est l'*œuvre du démon,* c'est-à-dire du génie « de la raillerie et du rire. »

Vous pouvez accepter, Monsieur, ces louanges pleines d'autorité. Celles que je pourrais y ajouter n'auraient plus guère de prix pour vous. Je me borne à remarquer que le censeur n'apparaît pas encore bien sévère dans cette pièce du *Demi-Monde.* Avec un très-juste sentiment de la mesure et selon la méthode des médecins qui proportionnent prudemment la force de leurs remèdes à la faiblesse de leurs malades, vous n'avez prêché qu'une demi-morale aux habitués de la baronne d'Ange. Vous avez si bien senti qu'une femme honnête ne serait pas à sa place dans une pareille atmosphère que vous vous êtes refusé à l'y laisser pénétrer, fût-ce pour un instant. Le principal personnage de votre pièce se bat avec son meilleur ami, à la seule fin d'empêcher que la personne, dont il est secrètement aimé et qu'il respecte, ne soit compromise par un aussi fâcheux contact.

Le champ de vos observations s'élargit singulièrement, lorsque vous abordez les sujets traités dans *la Question d'argent, le Fils naturel, un Père prodigue* et *l'Ami des femmes*. Il est impossible de se mouvoir avec plus d'aisance que vous ne l'avez fait au sein de ces milieux nouveaux. Quelle injuste accusation de reprocher à vos pièces de manquer de morale ! Je dirais plutôt que la morale y déborde. Vous y dénoncez non-seulement les vices, mais les penchants mauvais de la nature humaine avec l'ironie la plus amère et les traits les plus sanglants. Votre intention ne reste d'ailleurs jamais douteuse. On aperçoit tout d'abord, et fort clairement, à quel travers vous en voulez et quelle thèse particulière il vous plaît de soutenir. On pourrait, si vous ne le faisiez parfois vous-même, citer l'article du code dont vous poursuivez la révision. Dans les pièces que je viens de citer, vous n'avez pas fait difficulté d'admettre des individus pris dans toutes les sociétés, et vous avez consenti à y introduire des honnêtes gens, voire même des honnêtes femmes. N'avez-vous pas remarqué, Monsieur, vous qui vous rendez si bien compte des difficultés de votre art, à quel point il est malaisé de représenter sur la scène comique, en pleine lumière et en chair et en os, ces deux êtres sans prix, devant lesquels il faut s'incliner quand on les rencontre, je veux dire : le parfait galant homme et la véritable honnête femme?

Si par hasard vous y aviez éprouvé quelque embarras, il serait injuste de s'en étonner. La tentative a toujours été jugée si périlleuse que peu d'auteurs ont osé l'aborder de front. Je ne vois guère que Sedaine, dans *le Philosophe sans le savoir*, qui, à force d'ingénieux procédés et d'habiles jeux de scène, ait mené l'entreprise à bien. Ni Molière, ni Regnard, ni leurs successeurs immédiats, ne se sont risqués à prendre un honnête homme ou une honnête femme pour personnages principaux, servant de centre d'action à leurs comédies. Dans *le Misanthrope,* dans *l'École des Femmes,* dans *les Femmes savantes,* Philinte, Ariste, Cléante ne font, pour ainsi dire, que traverser l'action, à laquelle ils ne sont point directement mêlés. Il en est à peu près de même d'Elmire et d'Henriette. Toutes ces figures esquissées d'un crayon si sûr de lui-même, mais si léger, nous sont montrées de profil plutôt que de face. C'est affaire d'art, mais c'était aussi prudence de la part de nos vieux auteurs. Il suffit, en effet, de quelques paroles, d'un seul mot, quelquefois d'un geste de l'acteur, pour indiquer tout d'abord au parterre les vices ou les ridicules dénoncés à son mépris. Il n'est pas aussi aisé de proposer l'honnêteté à son admiration; celle des femmes est particulièrement scabreuse à mettre en scène. Au théâtre pas plus qu'ailleurs, je dirai même, au théâtre moins qu'ailleurs, les tirades sur la vertu ne prouvent rien en faveur de celles qui les prononcent. Elles mettent plutôt le spectateur en défiance. Voyez toutefois la singularité ! Nous ne nous sentons pas portés à tenir pour suspecte la moralité de ces femmes du vieux répertoire que nous n'avons guère fait qu'entrevoir, qui parlent si peu d'elles-mêmes, si librement de toutes choses. L'idée ne nous vient pas qu'Elmire puisse jamais être compromise par Tartuffe. Nous ne doutons pas qu'Henriette et la plupart des ingénues de Molière, dont le langage n'a rien de trop châtié, ne deviennent un jour de très-fidèles épouses. Il s'en faut de beaucoup que nous nous tenions pour aussi assurés de l'avenir qui attend les héroïnes du théâtre contemporain.

Ce qui a compliqué, si je ne me trompe, votre tâche, Monsieur, c'est que vous avez voulu placer l'idéal féminin dans des régions plus élevées qu'on ne le faisait dans l'ancien théâtre. A défaut de la conscience, l'imagination est devenue, de nos jours, très-exigeante. Celle de notre parterre moderne est à peu près impossible à satisfaire. Molière, quand il mettait une honnête femme en scène, pouvait se contenter de nous la montrer fort simple et tout unie, et les plus estimables n'avaient garde de s'exalter sur leur propre vertu. Aujourd'hui ces modestes qualités ne leur suffiraient plus. Pour mériter l'admiration du public, il faut de toute nécessité qu'elles réussissent à concilier dans leur âme, avec les effarouchements de la candeur la plus naïve, les élans de la passion la plus indomptable. Voilà bien des affaires. Cela m'inquiète de les entendre parler couramment un langage emprunté à une nature de sentiments passionnés qu'il leur vaudrait mieux ignorer. Je ne puis m'empêcher d'avoir peur pour leurs maris, qu'elles aiment d'un amour trop peu différent de celui qu'elles donneraient à tout autre. Je sais bien, qu'au dernier acte, tout s'arrange. L'auteur aidant, à grand renfort de morale, elles sont toutes converties quand la toile tombe; mais, dans la vie, la toile ne tombe pas toujours si à propos. Que se passera-t-il plus tard derrière cette toile? Bien hardi qui oserait le prévoir!

Quoi qu'il en arrive, vous pouvez vous rendre cette justice, Monsieur, que vous n'avez rien négligé pour inculquer aux femmes le sentiment de leurs devoirs, et pour leur démontrer toutes les conséquences de leurs fautes. Vous y avez employé la persuasion et la douceur, mais aussi le fer et le feu. Les évolutions d'un esprit comme le vôtre sont trop curieuses à étudier pour que je ne les signale pas. C'est à partir de votre comédie intitulée : *les Idées de Madame Aubray*, que votre attention paraît surtout s'être tournée vers ce genre particulier de délits dont les femmes sont, plus ou moins volontairement, les complices nécessaires. La pièce que je viens de nommer est l'une des mieux conduites et des plus dramatiques parmi toutes celles que vous avez composées. On a rarement mis autant de talent à soutenir, au théâtre, la thèse de la complète réhabilitation de la jeune fille après une première faute commise. Votre conclusion était malaisée à faire accepter par le public auquel vous la présentiez. Vous l'avez si bien senti vous-même, que vous avez eu soin de placer, en terminant, dans la bouche de l'un de vos personnages, une exclamation qui a justement pour but d'indiquer ce qu'a d'excessif, au point de vue du monde, le dénoûment de votre drame. Il y a, en effet, des efforts de conscience qu'en raison de sa divine origine la foi peut arracher aux âmes pieuses, mais que l'on demandera toujours difficilement à cette morale de convention qui règne plus ou moins sur cette terre et domine absolument au théâtre. C'est l'un de ces sentiments d'inspiration toute chrétienne qui détermine Mme Aubray, quand elle commande à son fils d'épouser la femme dégradée, mais repentie, qui a promené avec elle, pendant trois actes, l'enfant né d'une liaison où l'amour n'a jamais eu nulle part.

La nouveauté était hardie. Loin d'en être embarrassé, vous avez eu hâte de la constater vous-même. Dans la préface des *Idées de Madame Aubray,* vous commencez par citer les passages d'un sermon prêché à la chapelle des Tuileries, devant l'impératrice, huit jours après la représentation de votre pièce. L'interprète de la parole divine y avait parlé des devoirs de la mère chrétienne. Notant avec joie la rencontre entre le dramaturge et le prédicateur, vous vous écriez : « Voilà qui est convenu, et ce n'est pas moi qui ai mal compris ou mal interprété les textes. » Vous le dirai-je? je me suis senti plus effrayé que rassuré par cette concordance, qui pourrait vite dégénérer en confusion et mêler des choses qui, à mon sens, doivent rester très-distinctes. Avec vous, point de danger. Vos procédés sont tellement habiles que vous réussissez à accommoder merveilleusement toutes choses. Ce que vous écrivez sera toujours un régal pour les esprits délicats ; mais viennent les imitateurs, et je craindrais de les entendre me dire, comme dans l'épître de Boileau :

« Aimez-vous la *morale?* on en a mis partout. »

Je ne déteste pas la morale, je consens même à la prendre à fortes doses, mais j'entends qu'on me la serve en son lieu et place, et je compte sur vous, Monsieur, pour vous retourner au besoin avec moi contre les maladroits qui, sous prétexte d'innovation, s'aviseraient de transporter le sermon sur le théâtre.

Il semble d'ailleurs que vous n'avez pas eu longtemps confiance dans l'indulgence comme moyen de mener à bonne fin la croisade que vous avez entreprise contre les atteintes portées à la foi conjugale. Le revirement chez vous a été soudain et complet. On dirait l'indignation d'un législateur ulcéré de ce que l'on n'a pas observé ses préceptes, et qui prend la résolution de les appuyer, puisqu'il le faut, par les châtiments les plus sévères. Dans l'*Affaire Clémenceau,* dans la *Femme de Claude,* vous avez décidément rompu avec le texte de l'Évangile, si miséricordieux pour la femme adultère. Vous êtes devenu sans pitié pour elle. Tous les moyens vous sont bons pour punir les épouses infidèles. Qu'elles se méfient désormais de ces jolis couteaux à manche de jade qui traînent sur les tables, des pistolets que leurs maris prennent la fâcheuse habitude de porter dans leur poche et de ces fusils de nouvelle invention oubliés dans les coins ; qu'elles tremblent à la pensée de cette réserve de canons perfectionnés que vous leur faites apercevoir dans le lointain et qui pourront servir un jour aux exécutions générales. Certes, elles auront le cœur bien hardi, celles qui ne reculeront pas devant ce formidable appareil de moralisation. Concevez cependant leur embarras. Au dernier acte de la pièce d'*Antony*, l'amant, qui, je le sais bien, se propose de sauver, avant tout, l'honneur de celle qu'il aime, s'écrie en la poignardant : « Elle me résistait, je l'ai assassinée ! » De votre côté, dans une brochure qui a fait grand bruit, vous terminez vos imprécations contre l'adultère en disant au mari d'une trop indigne épouse : « N'hésite pas, tue-la. » Mais quoi ! Si leur sort doit être pareil dans les deux cas ; si elles doivent périr, les unes parce qu'elles ont résisté, les autres parce qu'elles n'ont pas résisté, la condition des femmes devient vraiment trop difficile !

Je soupçonne qu'il entre plus d'amour que de haine dans la rigueur sans pareille avec laquelle vous poursuivez les pauvres femmes. Les plus avisées vous le pardonneront aisément, car elles sont loin d'en vouloir aux gens du trouble qu'elles leur causent. La vérité est qu'avec elles, vous semblez ne pouvoir jamais garder votre sang-froid. Elles ont évidemment le don d'exciter votre génie familier. « Il y aura guerre éternelle entre la femme et lui. » Ce n'est pas de vous que cela a été écrit. Cependant on le dirait, à voir votre acharnement. Que vous a fait, par exemple, la Chimène de Corneille ? Pourquoi avez-vous si vivement pris parti contre elle avec Richelieu ? Je vous félicite, Monsieur, de n'avoir pas voulu diminuer le ministre de Louis XIII, qui faisait de si mauvais vers avec Colletet et Bois-Robert, et de si bonne politique à lui tout seul. Je vous sais gré de n'admettre pas facilement la légende un peu vulgaire qui rend le vainqueur de la Rochelle jaloux de l'auteur du *Cid*. La légende que vous tentez d'y substituer est-elle beaucoup plus vraie ? j'en doute un peu ; l'histoire sérieuse ne la confirme pas.

Quant aux craintes que vous prêtez à Richelieu, au sujet de l'influence de la pièce du *Cid* sur les mœurs de son temps, je ne crois pas que vous soyez fondé à les lui attribuer. Pour votre compte, vous appréhendez, si Chimène revenait en honneur, de voir réapparaître avec elle, sur le théâtre, tout un cortége de héros trop semblables à Rodrigue, qui vous fait l'effet d'un paladin sentimental. Permettez ! vous avez trop d'esprit et trop de bonne foi pour attacher plus d'importance que de raison aux métaphores outrées qui déparaient la langue tragique de cette époque, et prêtaient un air de convention à des sentiments qui n'avaient rien que de véritable. C'était un jargon prétentieux, j'en conviens, préférable peut-être à celui de nos jours qui vise au naturel, le plus souvent sans l'atteindre. Après tout, cette vie qu'il met avec emphase aux pieds de Chimène, et dont il menace de se défaire si sa maîtresse ne lui pardonne, le Cid n'a pas regardé à l'exposer pour défendre sa ville et frapper sur les Maures les grands coups que chacun sait. Richelieu était bien exigeant s'il ne croyait pas pouvoir compter sur de semblables cœurs pour l'aider à refouler l'Espagnol, et, suivant vos expressions, pour constituer l'unité française. Tout se tient en effet. Je veux dire : tout s'abaisse ou tout s'élève d'un même coup ; et ce sont les nobles amours qui font les nobles actions. C'est pourquoi ne soyez pas trop sévère aux Chimènes, si, par hasard, vous en rencontrez. Vous ne nous causeriez pas seulement un grand plaisir, vous nous rendriez un bon service, si vous nous faisiez applaudir sur la scène quelques figures qui s'en rapprocheraient un peu. Cet effort serait digne de votre talent.

Vous croyez fermement à l'action puissante et directe du théâtre sur les mœurs. Vous désirez que cette influence profite à la régénération patriotique et morale de notre pays. Je le souhaite comme vous. Je ne crois pas que la scène soit une école d'enseignement public, ni le lieu le mieux choisi pour développer certaines thèses, si exemplaires qu'elles puissent être, ni pour provoquer certaines réformes, si grande que soit leur utilité. Au risque de vous paraître facile à contenter, je me borne, en lui laissant d'ailleurs toute liberté d'allures, à demander à l'auteur d'une œuvre dramatique de laisser à la sortie du théâtre les spectateurs et les spectatrices dans une situation d'âme meilleure qu'à leur entrée. Voilà toute la morale que je lui impose ; mais, à celle-là, j'y tiens beaucoup. Vous nous dites : « Ne m'amenez pas vos filles, je leur parlerai quand elles seront des femmes. » Pardon ! il y a plus de choses que vous ne pensez, dont vous pouvez dès à présent les entretenir. Il y en a d'autres dont il vaut mieux ne leur parler jamais. Pour mon compte, je ne déconseillerais pas aux pères de famille de mener leurs filles aux pièces de Molière, quoiqu'elles soient exposées à y entendre des mots un peu crus, aujourd'hui rejetés par la pruderie de notre langage moderne. J'ai connu, par contre, des mères, qui volontiers auraient parfois fait sortir leurs filles de l'église afin de les dérober à d'autres leçons tombées du haut de la chaire. Toutes saintes et sacrées qu'elles soient, les chères créatures qui font la joie et l'honneur de nos foyers n'ont pas besoin d'être élevées dans une atmosphère factice. Une seule chose importe : les laisser à leurs penchants naturels qui sont bons, et les préserver de tout ce qui pourrait étonner leur esprit ou troubler leur imagination. C'est par l'imagination qu'au théâtre, et ailleurs, on peut avoir prise sur les femmes ; mais prenez garde ! Elles ont la fibre bien délicate ; ne les rudoyez pas. Vous avez tout ce qu'il faut pour faire leur conquête. Au moindre signe, elles vous suivront ; et, comme il est avéré qu'elles font des hommes ce qu'il leur plaît, avec votre talent et de pareilles auxiliaires, vous voilà assuré, Monsieur, de nous mener, dans leur compagnie, partout où bon vous semblera.

Plus que personne votre prédécesseur, M. Lebrun, s'est, pendant toute sa vie, préoccupé de l'influence et de la dignité de notre scène française. Retiré de la lutte, il se plaisait à suivre avec une préférence marquée, et à saluer de ses plus chaleureuses approbations, les triomphes remportés dans une arène où lui-même avait connu de si grands succès. L'Académie s'en fiait à vous pour apprécier dignement les belles et pures créations du poëte tragique dont nous déplorons la perte.

Elle savait d'avance que vous excelleriez à reproduire la gracieuse physionomie du plus âgé de ses membres, resté toujours si jeune par son inaltérable amabilité. Nous comptions sur votre ingénieuse sagacité pour deviner et retrouver l'homme dans ses œuvres, car personnellement vous avez peu connu M. Lebrun. Vous n'en avez pas moins réussi à faire revivre, devant ceux qui l'ont le mieux aimé, la mémoire du charmant vieillard dont le commerce était devenu pour nous la plus délicieuse des habitudes, et qui laissera toujours parmi ses confrères un vide si profond et de si affectueux regrets. Votre tâche a été si bien remplie, qu'en appelant à mon aide les souvenirs de ma jeunesse, j'aurai grand'-peine à ajouter quelques traits épars et de légères retouches à la figure attrayante dont vous avez, de premier jet, si parfaitement rendu l'agréable ressemblance.

Vous avez très-bien défini le talent de M. Lebrun, en disant qu'il a été tout à la fois un poëte de transition et un novateur. Rien de plus vrai; ses œuvres offrent un heureux mélange de hardiesse et de mesure. Dans ses tragédies, il a cherché la nouveauté en respectant la tradition, et poursuivi l'émotion vive sans renoncer à la beauté morale. Il a été l'un des premiers à rompre avec la périphrase et à prouver qu'en fait de style, la simplicité n'était pas incompatible avec l'imagination et avec l'art. Ses tendances étaient romantiques, son goût était classique. Il y avait en lui un moderne doublé d'un antique. Comme André Chénier, dont vous avez si à propos évoqué le souvenir, c'est aux lauriers-roses de l'Eurotas plutôt qu'aux noirs sapins de la Germanie qu'il emprunte sa couronne poétique. Alors même qu'il s'inspire de Schiller et des traditions allemandes, sa muse n'a rien de sombre ni de mélancolique. Elle demeure sereine, souriante, et comme baignée de cette belle lumière de la Grèce qu'elle a plus tard chantée avec tant d'amour. Évandre, Ulysse, voilà quels héros reçurent les premiers hommages de M. Lebrun. Un critique a remarqué que le roi d'Ithaque, avec la prudence qui ne le quitte jamais et ses déguisements perpétuels, n'avait pas la physionomie d'un personnage fort dramatique. Peut-être en est-il, en effet, de la sagesse comme de l'honnêteté, dont nous parlions tout à l'heure; c'est une qualité qui ne prête pas beaucoup aux effets de la scène. M. Lebrun a su pourtant donner le souffle tragique et des accents passionnés au père de Télémaque, quand il nous le montre préparant le meurtre des prétendants :

Heureux qui dans son fils peut trouver un vengeur
Plus heureux qui, vivant, peut guider sa fureur!

Ce sont là de beaux vers; il y en a beaucoup de semblables dans *Ulysse*. Cependant M. Lebrun, toujours difficile à lui-même, a plusieurs fois songé à remanier cette tragédie. « En relisant Homère à Ithaque même, écrivait-il en 1854, et dans les lieux où le poëte grec place les scènes de l'*Odyssée*, j'ai mieux vu revivre et se mouvoir tous ces antiques personnages. J'ai mieux compris leurs actions et leurs mœurs... Du point de vue nouveau où je me trouvais placé, j'apercevais dans ma pensée un drame plus intéressant, plus simple, plus familier, plus vrai, plus homérique enfin, que celui que j'ai fait. » Est-il possible de parler de soi-même et de ses œuvres avec plus de désintéressement et de bonne grâce ?

Des tragédies de M. Lebrun, *Marie Stuart* est celle qui est demeurée le plus longtemps en possession du théâtre. Vous avez eu raison, Monsieur, d'insister sur les heureuses nouveautés introduites sur notre scène française par votre prédécesseur. Sa hardiesse était d'autant plus méritoire qu'en réalité la pièce représentée en 1820 était déjà composée en 1816. On a dit avec vérité de M. Lebrun qu'il était « le plus jeune des poëtes de l'Empire», tandis que MM. Delavigne et Lamartine étaient «les aînés des poëtes de la Restauration».

Les contemporains espéraient beaucoup de l'auteur de *Marie Stuart*. C'est pourquoi, lorsqu'ils apprirent que M. Lebrun allait donner au Théâtre-Français un drame dont le sujet était emprunté à Lope de Vega, l'attente fut extrême. Reportons-nous par la pensée vers cette époque si peu semblable à la nôtre, où l'indifférence n'était de mise, ni en politique ni en littérature. Avant d'avoir paru, le *Cid d'Andalousie* avait déjà des partisans enthousiastes et des détracteurs acharnés. Les uns avaient ouï parler d'un roi frappé du plat de l'épée sur la scène par un grand seigneur, ayant quelque peu tournure de chef de parti. Pour l'opposition quelle aubaine ! Il n'avait pas moins fallu que la protection de M. de Chateaubriand pour tirer, tant bien que mal, l'auteur des mains de la censure. Mais cette générosité du ministre semblait à d'autres bien imprudente! Dans le camp littéraire la préoccupation se portait d'un autre côté. Les romantiques se demandaient si le *Cid d'Andalousie* confirmerait les espérances qu'avait fait naître *Marie Stuart,* et les classiques épiaient l'occasion d'une revanche. De part et d'autre on se défiait presque du geste. La passe d'armes avait lieu sous les yeux attentifs de la génération à laquelle j'appartiens et qui n'était guère moins animée que les champions eux-mêmes.

Nous qui tenions pour M. Lebrun, lui sachant gré de vouloir introduire la poésie lyrique dans le drame, nous comptions beaucoup sur l'effet d'un certain acte II, dans lequel « le héros de la pièce, tranquillement assis aux pieds de sa bien-aimée, sans desseins, sans inquiétude, uniquement préoccupé de son prochain bonheur, dans un profond oubli, et du monde, et des hommes, et de toutes choses, l'entretenait doucement des progrès de leur amour mutuel » (1).

Pourquoi de ces jardins nous retirer, Estrelle?
Dans le ciel transparent la nuit brille si belle!
Au banc qui nous a vus tant de fois nous asseoir
Respirez avec moi l'air embaumé du soir.

. . . .

Nous sommes, loin du jour, plus présents l'un à l'autre;
Mon cœur plus confiant est plus voisin du vôtre,
Lui parle, lui répond, l'écoute, l'entend mieux,
Et le sent et le voit, moins distrait que mes yeux,
Mon Estrelle! un moment soyons seuls sur la terre.

Ces vers ne sont-ils pas charmants? Adressés par

(1) M. le duc de Broglie, *Revue française* de janvier 1831.

Talma à Mlle Mars, quelle n'était pas leur séduction! Ils nous rappelaient les adieux de Roméo et de Juliette. Nous étions ravis de la « scène du banc », comme nous l'appelions alors. Mais le parterre n'y vit qu'un hors-d'œuvre qui ralentissait l'action, et le succès de cette première soirée demeura douteux. A la seconde représentation, le talent de Talma avait triomphé des hésitations du public; mais bientôt après le grand tragédien tombait malade et mourut quelques années plus tard. Ce n'était pas seulement un interprète habile, c'était un ami excellent que perdait l'auteur du *Cid d'Andalousie*. Aussi triste que découragé, M. Lebrun retira sa pièce du répertoire. Depuis il n'a plus écrit d'autre tragédie.

Brouillé avec le théâtre, M. Lebrun ne l'a jamais été avec la muse. On ne rompt pas si aisément avec elle. Ceux qu'elle a touchés au front en porteront toujours la marque :

Même quand l'oiseau marche, on sent qu'il a des aîles.

Et c'est ainsi que M. Lebrun est demeuré poëte toute sa vie. Poëte il avait été sous l'Empire, quand il chantait la gloire de Napoléon et les exploits de la grande armée; poëte il était encore, lorsqu'en juillet 1830, il ajoutait une strophe à la *Parisienne* de Casimir Delavigne, sur « le convoi de nos frères ». Nous le savons aujourd'hui, après nous en être toujours un peu douté : si attaché qu'il fût à ses devoirs d'administrateur, si habile qu'il ait été à les remplir, M. Lebrun s'est bien gardé de consigner la poésie à la porte de la direction de l'Imprimerie royale. Il s'en est fait suivre sur les bancs de la Chambre des pairs; il l'a emmenée avec lui au Sénat. C'est à ses collaborateurs du *Journal des Savants* à nous dire si, par hasard, ils n'ont jamais eu à résister aux efforts de leur président, désireux de la faire admettre avec lui jusque dans leur docte recueil.

Comment aurait-il pu en être autrement? «Tous les sentiments bons, honnêtes, généreux, avaient leur expression dans ses vers, a dit M. de Sacy du confrère qu'il appréciait non moins chèrement qu'il en était lui-même aimé. Il les a tous chantés parce qu'il les a trouvés en lui-même. Il n'arrache pas l'admiration, il gagne le cœur. Ce n'est pas un maître qui nous traîne à sa suite, c'est un ami que l'on recherche et que l'on voudrait avoir toujours avec soi. » Afin de prolonger la douce illusion d'un si agréable commerce, je citerai quelques morceaux de poésie dont l'émotion est tout intime et familière.

Je n'ai rien à ajouter, Monsieur, aux éloges que vous avez donnés au poëme de *la Grèce*. Je voudrais seulement constater, à l'avantage de M. Lebrun, qu'au moment où il en écrivait les premiers chants, *les Messéniennes* n'avaient pas été publiées. Cette fois encore, notre confrère avait l'air de suivre un exemple qu'au contraire il avait donné. L'imagination et le besoin d'émotions nouvelles ne l'avaient pas seules attiré vers la patrie des Hellènes; il allait, en 1820, y retrouver deux hommes pleins de mérite et d'esprit, M. Martin, un ami de M. Thiers, et M. Achille du Parquet, son compagnon d'enfance, qui devaient l'un et l'autre l'y rejoindre. Il se faisait une grande joie de les surprendre dans quelque coin du Parthénon, ou de la rue des Trépieds. Ce fut à Sparte que le hasard les réunit. Il faut lire, dans les notes du *Voyage de Grèce*, les pages où sont racontées les joies de cette rencontre, car l'amitié, cette passion des belles âmes, n'inspire pas moins heureusement la prose que les vers de M. Lebrun. Rome, Athènes, Lacédémone, furent pour un instant oubliées.

Sur un tapis de Turquie
Le couvert se trouva mis;
Je laisse à penser la vie
Que firent ces *trois* amis.

Cependant le plaisir de parcourir un pareil pays en semblable compagnie redouble l'enthousiasme de l'heureux poëte. La Grèce devient pour ainsi dire son domaine ; il se l'approprie ; il la fait sienne :

Athène, mon Athène, est le pays du jour.
C'est là qu'il luit, c'est là que la lumière est belle!
Là que l'œil enivré la puise avec amour,
Que la sérénité tient son brillant séjour,
Immobile, immense, éternelle!

Voulez-vous savoir sous quels traits lui apparaissait l'image de la Grèce non encore affranchie ?

Comme on voit sommeiller cette pâle statue
Qui montre en nos jardins Ariane abattue,
Posant sur un bras faible un front décoloré;
De fatigue vaincue, elle s'est assoupie;
On sent, à sa paupière épaisse, appesantie,
Qu'avant de s'endormir, elle a longtemps pleuré.

Nous voilà en pleine poésie moderne et de la meilleure. Qu'il y a loin de ces vers de M. Lebrun à ces tableaux de convention, esquissés sous le premier Empire par d'autres poëtes qui ne sortaient jamais de leur fauteuil ! Ce que M. Lebrun décrit, on sent qu'il l'a vu. Ce qu'il met dans ses chants a passé par son cœur. Voilà le secret du charme, et pourquoi le lecteur est d'abord saisi et demeure captivé. Soit qu'après la Grèce il parcoure l'Italie où, de préférence, il visite le tombeau de Virgile et la maison d'Horace, soit qu'il se rende en Écosse, pour recevoir l'hospitalité de l'auteur du *Monastère* et de l'*Abbé,* ce sont les mêmes accents, toujours simples, toujours vifs et toujours naturels.

Il n'était pas d'ailleurs besoin des pays lointains pour inspirer M. Lebrun. Athènes, Smyrne, Constantinople, n'ont pas eu seules part à ses chants. C'est le don heureux de la poésie de tout embellir. Sur les bords du golfe de Naples, aux rives du Bosphore, il a plus d'une fois songé avec tristesse à la patrie absente. Champrosay, Étiolles, Tancarville, ces noms charmants des jolis villages qui se mirent dans la Seine, se rencontrent aussi dans ses vers. Le plus souvent, il les adresse alors à M. du Parquet, à cet ami qui s'est promené avec lui sous les portiques du Parthénon et dans le parloir gothique d'Abbotsford.

Cher compagnon du beau voyage,
Ami, qui dès notre matin
Avez, de rivage en rivage,
Au mien mêlé votre destin;

Que de pays dont la poussière
Porte l'empreinte de nos pieds;

Que de nos jours passés sur la terre,
Du moins l'un sur l'autre appuyés!

A toutes ces courses lointaines
N'est-il pas temps de mettre fin,
Et de chercher de l'ombre enfin
Au bord de nos propres fontrines?

Comme presque tous les poëtes, M. Lebrun adorait la campagne. C'est à Tancarville que, sous l'Empire, il avait composé la plupart de ses poésies lyriques, et savouré la joie délicieuse d'une célébrité précoce; il n'en prononce jamais le nom qu'avec amour. C'est à Champrosay qu'il composa son poëme de *la Grèce*. Mais, s'il avait eu les visées ambitieuses du poëte, l'idéal du propriétaire était chez lui des plus modestes.

Heureux qui de son espérance
N'étend pas l'horizon trop loin,
Et, satisfait de peu d'aisance,
De ce beau royaume de France
Possède à l'ombre un petit coin!

Pour m'agrandir m'irai-je battre?
Trois arpents sont assez pour moi;
Alcinoüs en avait quatre,
Mais Alcinoüs était roi!...

J'ai terminé mes citations; pourquoi les aurais-je abrégées? La meilleure manière de faire connaître et aimer un poëte n'est-elle pas de rappeler ses vers? Ceux de M. Lebrun font passer, pour ainsi dire, sa vie tout entière sous les yeux de ses lecteurs, et quelle vie! Combien le cours n'en est-il pas régulier, aimable! j'ajouterai heureux, car le bonheur dépend, en partie, de la modération des désirs et de l'équilibre que le sage sait mettre entre les facultés dont le Ciel l'a doué. Il n'a pas été refusé à M. Lebrun d'accomplir son modeste souhait et d'acquérir ces quelques arpents de terre qu'il brûlait de voir reluire au beau soleil de sa chère France. Il les a possédés au pays même de sa naissance, dans la ville haute de Provins, qui fut aussi la patrie d'Hégésippe Moreau, non loin de ces jolis ruisseaux, le Durtain et la Voulzie, que les deux poëtes ont chantés. C'est là que plusieurs d'entre nous se sont souvent donné le plaisir de l'aller visiter.

Voisin de M. Lebrun, habitant comme lui ces contrées où, depuis nombre de générations, ma famille compte plus d'un ami, jamais je n'ai quitté le champêtre et poétique ermitage de la ville haute de Provins, sans remercier du fond du cœur son hôte illustre d'être revenu parmi nous. Je lui savais gré d'avoir voulu, sur le tard de la vie, offrir à ceux de ses compatriotes qui l'avaient connu jeune, délaissé et obscur, le spectacle à la fois si charmant et si plein de leçons de sa verte vieillesse, environnée d'estime et couronnée de gloire. Qu'elle était douce à habiter et difficile à quitter, l'agréable retraite où M. Lebrun passait la belle saison, tendrement soigné par la compagne assidue de toute son existence, dont je frémirais d'aborder, rien qu'en pensée, l'insondable douleur ! Pour revenir à Paris il lui fallait faire effort et se souvenir des devoirs qui le réclamaient à l'Académie. Avec quel profit pour nous, quel entrain, quelle joie et quelle bonne grâce il prenait part à nos travaux ! M. Lebrun y apportait, avec une autorité que nous reconnaissions tous, les meilleures traditions du passé, celles d'un goût exquis en littérature, de la délicatesse la plus charmante dans les sentiments, et de la politesse la plus affectueuse envers tous ses confrères. Il s'était comme donné à lui-même la mission particulière de se mettre en quête des talents nouveaux, et de les révéler à l'attention de notre compagnie, afin qu'elle leur vînt en aide.

Vous recueillerez dignement, Monsieur, cette portion de son héritage, car on connaît votre sympathie généreuse pour les infortunés qui s'aventurent, à la légère, dans une carrière décevante, où les victimes se pressent plus nombreuses que les triomphateurs, et qui mène plus de gens aux abîmes, qu'elle n'en conduit à la renommée et, surtout, à la fortune. Vous nous aiderez à découvrir ces misères imméritées; vous emploierez le meilleur de votre esprit à nous indiquer les plus ingénieux moyens de les secourir sans les offenser. C'est une tâche qui ne nous déplaira pas, et nous comptons sur vous pour la remplir.

Croyez-moi, vous n'aurez pas vécu longtemps dans cette académie sans vous apercevoir, Monsieur, que c'est chez nous que l'on rencontre la véritable république. L'opinion assigne-t-elle des distinctions et des rangs entre nous? c'est possible, c'est même probable. Nos rapports sont si agréables et si intimes que nous préférons, faut-il le dire? nous affectons même de n'en rien savoir. Nous vivons sur le pied de la plus parfaite égalité, et j'en profite plus que personne. Pourquoi Horace a-t-il parlé quelque part de la susceptibilité des poëtes : *Genus irritabile vatum?* Nous en comptons parmi nous. J'ai découvert que leur commerce était des plus faciles, et la preuve, c'est qu'ils y souffrent des historiens comme moi. S'il en est ainsi, avec quelle joie notre compagnie ne vous accueillera-t-elle pas ! Elle ne souhaite plus rien de moi ; elle attend beaucoup de vous. Vos triomphes vont être désormais les siens. Elle en jouira d'autant plus qu'elle n'a jamais cessé d'attacher le plus grand prix aux œuvres dramatiques, et qu'elle s'en fie à votre talent pour justifier, avec son attente, celle du public dont les applaudissements, recueillis aujourd'hui dans cette enceinte, ne précéderont que de bien peu, j'en suis sûr, ceux qui vous attendent ailleurs.

Paris. — Typogr. G. Chamerot, rue des Saints-Pères 19.

LIBRAIRIE ACADÉMIQUE

DIDIER ET CIE

PARIS

35, QUAI DES AUGUSTINS, 35

1874

EN VENTE

LE PORTRAIT DE LA COMTESSE ALBERT DE LA FERRONNAYS

Belle gravure de Flameng, d'après le dessin original de Mme la marquise de Caraman
Pour les souscripteurs au *Récit d'une sœur* (édition in-8), 75 centimes
Sur grand papier, 1 fr. 25.—Épreuves d'artiste sur chine, 4 fr., et avant la lettre, 5 fr.

LE PORTRAIT DE MADAME SWETCHINE

Gravé sur acier, 75 centimes. — Sur grand papier, 1 fr. 25.

ROSA FERRUCCI, SA VIE ET SES LETTRES

Publiées par Sa Mère, traduit par l'abbé Lemonnier.

1 volume in-8 elzévir vergé. 5 fr. — Tiré à 100 exemplaires.

LES SOIRÉES DE LA VILLA DES JASMINS

PAR

Madame la marquise DE BLOCQUEVILLE

4 vol. in-8. . 30 fr.

OUVRAGES SOUS PRESSE

PIERRE CLÉMENT. . . . **Histoire de Colbert**. 2 vol. in-8.
KÉRILLER. . . . . **Le chancelier Séguier et son groupe**. 1 vol.
G DESNOIRESTERRES. **Voltaire et J.-J. Rousseau**. 1 vol. in-8.
CH. DE RÉMUSAT.. . . . **Histoire de la philosophie anglaise** 2 vol.
FERD. DELAUNAY. . . . **Moines et sibylles de l'ancien Orient**. 1 vol. in-8.
BAUDRILLART. . . . . . **La famille et l'Éducation en France**. 1 vol.
ED. AUGER. . . . . **Histoires américaines**. 1 vol.
ZELLER. . . . . **L'Empire germanique au moyen âge**. 1 vol.
ALFRED MAURY. . . . . **Le Socialisme au XVIe siècle**. 1 vol.
B^on^ DE WOGAN. . . . . . **Le pirate Malais**. 1 vol.
BONASSIES. . . . . **Histoire admin. de la Comédie-française**. 1 vol.
Ctesse CLERMONT-TONNERRE. **Les pionniers français en Amérique**, d'après Parkman. 1 vol.
PR. J. LUBOMIRSKI. . . **Fonctionnaires et boyards**. 1 vol.
Ctesse DE MIRABEAU. . . **Souvenirs du Cte de Gonneville**. 1 vol. in-8.
Mme AUG. CRAVEN.. . . . **Le mot de l'Énigme**. 1 vol.
Mme THURET. . . . . . . **Mlle de Sassenay**. 2e édit.
MIGNET. . . . . **La rivalité de François Ier et de Charles-Quint**. 2 vol.
LITTRÉ.. . . . . **Histoire et littérature**. 1 vol. in-8.
AMÉDÉE THIERRY.. . . **Nestorius**. 1 vol.
V. DE LAPRADE.. . . . . **Le livre d'un père**. 1 vol.

HISTOIRE — LITTÉRATURE — PHILOSOPHIE

ÉDITIONS IN-8

AMPÈRE (J.-J.)

Histoire littéraire de la France avant et sous Charlemagne. Nouv. édit. 3 vol. in-8. . . . . 22 fr. 50
Formation de la langue française. Complément de l'*Histoire littéraire*. Nouvelle édition, revue et corrigée. 1 vol. in-8. . . . . 7 fr. 50
La Philosophie des deux Ampère, publiée par M. J. Barthélemy Saint-Hilaire. 1 vol. in-8. . . . . 7 fr. 50
La Grèce, Rome et Dante. 3e édition. 1 vol. in-8. . . . . 7 fr. 50
La Science et les Lettres en Orient. 1 vol. in-8. . . . . 7 fr. 50

D'ASSAILLY

Albert le Grand. L'ancien monde devant le nouveau. 1re partie. 1 vol. in-8 7 fr 50
Les Chevaliers poëtes de l'Allemagne. — *Minnesinger*. 1 vol. in-8. . 5 fr.

AUBERTIN (CH.).

Senèque et saint Paul. Étude sur les rapports supposés entre le philosophe et l'apôtre. (*Ouvrage couronné par l'Académie française.*) 1 vol. in-8. 7 fr.

D'AZEGLIO

L'Italie de 1847 à 1865. Correspondance politique publiée par M. Eug. Rendu. 1 vol. in-8 . . . . 7 fr.

BADER (CLARISSE)

La Femme dans l'Inde antique. (*Ouvrage couronné par l'Académie française.*) 1 vol. in-8. . . . . 6 fr.

BARANTE

Vie de Mathieu Molé. — *Le Parlement et la Fronde.* 1 vol. in-8. . . . . 6 fr.
Histoire du Directoire de la République française, *complément de l'Histoire de la Convention.* 3 forts volumes grand in-8 cavalier. . . . . 18 fr.
Études historiques et biographiques. 2 vol. in-8. . . . . 14 fr.
Études littéraires et historiques. 2 vol. in-8. . . . . 14 fr.
Pensées et réflexions morales et politiques du comte de Ficquelmont, précédées d'une notice par M. de Barante. 1 vol. in-8. . . . . 6 fr.
Œuvres dramatiques de Schiller, trad. de M. de Barante. Nouvelle édition revue. 3 vol. in-8. . . . . 18 fr.

BARET (E.)

Les Troubadours et leur influence sur les littératures du Midi de l'Europe. 1 vol. in-8. . . . . 6 fr.

BARTHÉLEMY (ED. DE)

Mesdames de France, filles de Louis XV. 1 vol. in-8. . . . . 7 fr. 50
La Galerie des Portraits de mademoiselle de Montpensier : Éloges des seigneurs et dames, etc. Nouv. édit. avec notes. 1 vol. in-8. . . . . . . 6 fr.

BASTARD D'ESTANG

Les Parlements de France. Essai historique sur leurs usages, leur organisation et leur autorité. 2 forts volumes in-8. . . . . 15 fr.

BAUDRILLART

Publicistes modernes. 1 fort vol. in-8 . . . . 7 fr.
Jean Bodin et son temps. Tableau des théories politiques et des idées économiques au XVIe siècle. 1 vol. in-8 . . . . 7 fr.

BERRYER

Œuvres. 1re série. *Discours parlementaires.* 5 vol. in-8 . . . . 35 fr.

BERSOT (ERN.).

Morale et politique. 1 vol. in-8. 6 fr.
Essais de philosophie et de morale. 2 vol. in-8. . . . . 12 fr.

BERTAULD

Philosophie politique de l'histoire de France. 1 vol. in-8. . . . . . 6 fr.
La Liberté civile. Nouv. études sur les publicistes contemporains. 1 v. in-8. 7 fr.

BERTRAND (ALEX.) ET GÉNÉRAL CREULY

Guerre des Gaules. Commentaires de J. César. Trad. nouv. avec texte. 2 vol. in-8. Le 1er est en vente. Prix du vol. . . . . 7 fr.

BIMBENET (EUG.)

Fuite de Louis XVI à Varennes, d'après les documents judiciaires et administratifs, etc. 1 vol. in-8 avec des fac-simile. . . . . 7 fr. 50

J. F. BOISSONADE

Critique littéraire sous le Ier empire, avec une notice par M. Naudet, de l'Institut, et une étude de M. F. Colincamp, etc. 2 forts vol. in-8 avec portrait. 15 fr.

BONNEAU AVENANT

Madame de Miramion. Sa vie et ses œuvres charitables. (*Ouvrage couronné par l'Académie française*). 1 vol. in-8 orné d'un joli portrait. . . . 7 fr. 50

BONNECHOSE (ÉMILE DE)

Histoire d'Angleterre, depuis les temps les plus reculés jusqu'à l'époque de la Révolution française, avec un résumé chronologique des événements jusqu'à nos jours. (*Ouvrage couronné par l'Académie française.*) 2e édit. 4 vol in-8. . 28 fr.

BROGLIE (DUC DE)

Écrits et Discours. Philosophie, littérature, politique. 3 vol in-8. . . . 18 fr.

BROGLIE (A. DE)

Nouvelles études de littérature et de morale. 1 vol. in-8. . . . . . 7 fr.
L'Église et l'Empire romain au IVe siècle. — 3 parties en 6 vol. in-8. 42 fr.

BUNSEN (C.-C. J. DE)

Dieu dans l'histoire, traduction de M. Dietz, avec une étude biographique par M. Henri Martin. 1 fort vol. in-8 . . . . 7 fr. 50

CALDERON DE LA BARCA

Œuvres dramatiques, traduction de M. Ant. de Latour, avec une étude, des notices et des notes. 2 vol. in-8. . . . . 12 fr.

CARNÉ (L. DE)

Souvenirs de ma jeunesse au temps de la Restauration. 1 vol. in-8. 6 fr.
Les États de Bretagne. 2 vol. in-8. . . . . 12 fr.
Les Fondateurs de l'Unité française. Suger, saint Louis, Du Guesclin, Jeanne d'Arc, Louis XI, Henri IV, Richelieu, Mazarin. 2 vol. in-8. . . . . . 12 fr.
La Monarchie française au XVIIIe siècle. Études historiques sur les règnes de Louis XIV et de Louis XV. Nouv. édit. 1 vol. in-8. . . . . 6 fr.

CHAIGNET (ED.)

Pythagore et la Philosophie pythagoricienne. (*Ouvrage couronné par l'Académie des Sciences morales*) 2 vol. in-8. . . . . 12 fr.

CHAMPOLLION LE JEUNE

Lettres écrites d'Égypte et de Nubie en 1828 et 1829. Nouv. édit. 1 vol. in-8 avec planches. . . . . 7 fr. 50

CHASLES (PHIL.)

Voyages d'un critique à travers la vie et les livres. *Première série*: **Orient.** — *Deuxième série*: **Italie et Espagne.** 2 vol. in-8. . . . . 12 fr.

CHASLES (ÉMILE)

Michel de Cervantes. Sa vie, son temps, etc. 1 vol. in-8. . . . . 7 fr.

CHASSANG

Le Spiritualisme et l'idéal dans l'art et la poésie des Grecs. 1 vol. in-8. 6 fr.

Apollonius de Tyane, sa vie, ses voyages, ses prodiges, par PHILOSTRATE, et ses Lettres ; ouvr. trad. du grec, avec notes, etc. 1 vol. in-8. . . . . 6 fr.

Histoire du Roman dans l'antiquité grecque et latine, et de ses rapports avec l'histoire. (*Ouvrage couronné par l'Académie des inscriptions.*) 1 vol. in-8. 6 fr.

CHERRIER (DE)

Histoire de Charles VIII, roi de France. 2 vol. in-8. . . . . 14 fr.

CLÉMENT (CHARLES)

Prudhon, sa vie, ses œuvres et sa correspondance. 2e éd. 1 v. in-8. 6 fr.

Géricault. — *Étude biographique et critique*, avec le catalogue raisonné de l'œuvre du maître. 1 vol. in-8. . . . . 6 fr.

CLÉMENT (PIERRE)

L'Abbesse de Fontevrault, *Gabrielle de Rochechouart de Mortemart*. 1 vol. in-8, orné d'un portrait. . . . . 7 fr. 50

Enguerrand de Marigny, *Beaune de Semblançay, le chevalier de Rohan*. Episodes de l'histoire de France. 2e édition. 1 vol. in-8. . . . . 6 fr.

COMBES (F.)

La Princesse des Ursins. Essai sur sa vie et son caractère politique. 1 v. in-8. 5 fr.

COURCY (MARQUIS DE)

L'Empire du Milieu. État et description de la Chine. 1 fort vol. in-8. . . . 9 fr.

COURDAVEAUX

Caractères et Talents. Études de littérature ancienne et moderne. 1 vol in-8. 6 fr.

Entretiens d'Épictète, trad. nouvelle et complète. 1 vol. in-8. . . . . . 7 fr.

Eschyle, Xénophon et Virgile. 1 vol. in-8. . . . . 5 fr.

COUSIN (V.)

La Jeunesse de Mazarin. 1 fort vol. in-8. . . . . 7 fr.

La Société française au XVIIe siècle, d'après le *Grand Cyrus*, roman de mademoiselle de Scudéry. 3e édit. 2 vol. in-8. . . . . 14 fr.

Madame de Chevreuse. 5e édit. 1 vol. in-8, orné d'un joli portrait. . . 7 fr.

Madame de Hautefort. 2e édit. 1 vol. in-8. avec un joli portrait. . . . 7 fr.

Jacqueline Pascal. 7e édition. 1 vol. in-8, *fac-simile* . . . . 7 fr.

La Jeunesse de madame de Longueville. 7e édit. 1 v. in-8, 2 port. 7 fr.

Madame de Longueville pendant la Fronde (2e édit.). 1 vol. in-8 . . 7 fr

Madame de Sablé. 2e édition. 1 vol. in-8, avec portrait. . . . . 7 fr.

Études sur Pascal. 1 vol. in-8. (*Sous presse.*)

Fragments et Souvenirs littéraires. 1 vol. in-8. . . . . 7 fr.

Premiers Essais de Philosophie. 4e édit. 1 vol. in-8 . . . . 6 fr.

Philosophie sensualiste du XVIIIe siècle. Nouvelle édit. 1 vol. in-8. 6 fr.

Introduction à l'Histoire de la Philosophie. Nouv. édition. 1 vol. in-8. . 6 fr.

Histoire générale de la Philosophie depuis les temps les plus anciens jusqu'au XIXe siècle. 10e édit. 1 vol. in-8. . . . . 7 fr. 50

Philosophie de Locke. Nouvelle édition entièrement revue. 1 vol. in-8. 6 fr.

Du Vrai, du Beau et du Bien, 17e édit. 1 vol. in-8 avec portrait. . . . 7 fr.

Fragments pour servir à l'histoire de la philosophie. 5 vol. in-8. . 30 fr.

Séparément : **Philosophie ancienne et du moyen âge.** 2 vol. in-8. . 12 fr.

—— **Philosophie moderne.** 2 vol. in-8. . . . . 12 fr.

—— **Philosophie contemporaine.** 1 vol. in-8. . . . . 6 fr.

CRAVEN (Mme AUG.), NÉE LA FERRONNAYS

Récit d'une Sœur. Souvenirs de famille. 19e édition. 2 vol. in-8, avec un beau portrait. . . . . 15 fr.

DANTIER (ALPH.)

Les Monastères bénédictins d'Italie. Souvenirs d'un voyage littéraire au delà des Alpes. (*Ouvrage couronné par l'Académie française.*) 2 vol. in-8. 15 fr.

DAUDVILLE

Physiologie des instincts de l'homme. 1 vol. in-8. . . . . 6 fr.

DELAPERCHE

Essai de philosophie analytique. 1 vol. in-8. . . . . 7 fr.

DELAUNAY (FERD.)

Philon d'Alexandrie. *Écrits historiq.*, trad. et préc. d'une intr. 1 v. in-8. 7 fr.

DELÉCLUZE (E.-J.)

Louis David, son école et son temps. Souvenirs. 1 vol. in-8. . . . . 6 fr.

DELOCHE (MAX.)

La Trustis et l'Antrustion royal sous les deux 1res races. 1 vol. gr. in-8. 10 fr.

DESJARDINS (ALBERT)

Les Moralistes français au XVIe siècle (*Ouvr. cour. par l'Acad. franc.* 1 vol. in-8. . . . . 7 fr. 50

DESJARDINS (ERNEST)

Le grand Corneille historien. 1 vol. in-8. . . . . 5 fr.

Alésia (7e CAMPAGNE DE JULES CÉSAR). Résumé du débat, etc., suivi de notes inédites de Napoléon Ier sur les COMMENTAIRES DE JULES CÉSAR. In-8, avec *fac-simile*. 3 fr.

DESNOIRESTERRES (GUST.)

Gluck et Piccinni. *La musique française au XVIIIe siècle.* 1 v. in-8. 7 fr. 50

Voltaire et la Société au XVIIIe siècle. 5 séries ou volumes: *La Jeunesse de Voltaire* (épuisé). *Voltaire à Cirey. Voltaire à la cour. Voltaire et Frédéric. Voltaire aux Délices.* Le vol. à. . . . . 7 fr. 50

DREYSS (CH.)

Mémoires de Louis XIV POUR L'INSTRUCTION DU DAUPHIN. 1re édit. complète, avec une étude sur la composition des Mémoires et des notes. 2 vol. in-8. . 12 fr.

DUBOIS (D'AMIENS) (FRÉD.)

Éloges prononcés à l'Académie de médecine. PARISET, BROUSSAIS, ANT. DUBOIS, RICHERAND, BOYER, ORFILA, CAPURON, DENEUX, RÉCAMIER, ROUX, MAGENDIE, GUÉNEAU DE MUSSY, G. SAINT-HILAIRE, CHOMEL, THÉNARD, etc., etc. 2 vol. in-8. 10 fr.

DUBOIS-GUCHAN

Tacite et son siècle, ou la société romaine impériale, d'Auguste aux Antonins, dans ses rapports avec la société moderne. 2 beaux volumes in-8. . . . . 14 fr.

De l'Esprit de mon temps au point de vue moral. 1 vol. in-8. . . . . . 4 fr.

A. DUCASSE

Le général Vandamme et sa correspondance. 2 vol. in-8. . . . . . . 12 fr.

DUCLOS (H.)

Madame de La Vallière et **Marie Thérèse d'Autriche**, femme de Louis XIV, avec pièces et documents inédits. 2e édit., 2 vol. in-8. . . . . 10 fr.

DU MÉRIL (ÉDELST.)

Histoire de la Comédie ancienne. 2 vol. in-8. . . . . 14 fr.

DURAND DE LAUR

Erasme, sa vie, son œuvre. 2 forts vol. in-8. . . . . 15 fr.

EGGER

L'Hellénisme en France. Leçons sur l'influence des études grecques sur la langue et la littérature françaises. 2 vol. in-8. . . . . 15 fr.

FABRE (A.)

La Correspondance de Fléchier avec Madame des Houlières et sa fille. 1 vol. in-8. . . . . 6 fr.

FALLOUX (Cte DE)

Madame Swetchine. Sa vie et ses pensées, publiées par M. DE FALLOUX. 11e édit. 2 vol. in-8, ornés d'un portrait. . . . . 15 fr.

Lettres de madame Swetchine, publ. par M. DE FALLOUX. 3 vol. in-8. 22 fr. 50

Correspondance du P. Lacordaire avec madame Swetchine, publiée par M. DE FALLOUX. 1 vol. in-8. . . . . 7 fr. 50

Étude sur madame Swetchine, par Ern. Naville. In-8. . . . . 1 fr. 50

FAVRE (L.)

Le chancelier Estienne Denis Pasquier. Souvenirs de son dernier secrétaire. 1 vol. in-8. avec portrait. . . . . 7 fr. 50

FERRARI (J.)

La Chine et l'Europe, leur hist. et leurs traditions comparées. 1 vol. in-8. 7 f. 50

Histoire des Révolutions d'Italie, ou Guelfes et Gibelins. 4 vol. in-8. 24 fr.

FERRI (LOUIS.)

Histoire de la Philosophie en Italie au XIXe siècle. 2 vol. in-8. . . . 12 fr.

FEUGÈRE (LÉON)

Les Femmes poëtes au XVIe siècle, étude suivie de notices sur Mlle de Gournay, d'Urfé, Montluc, etc. 1 vol. in-8. . . . . 5 fr.

FLAMMARION

Récits de l'infini. *Lumen, Histoire d'une comète*, etc. 1 vol. in-8. . . 6 fr.

La Pluralité des mondes habités. Étude où l'on expose les conditions d'habitabilité des terres célestes, etc. Nouv. édit. 1 fort vol. in-8 avec figures. . 7 fr.

FRANCK (AD.)

Moralistes et Philosophes. 1 vol. in 8. 1872. . . . . 7 fr. 50

Philosophie et Religion. 1 vol. in-8. . . . . 7 fr. 50

GANDAR

Lettres et souvenirs d'enseignement, publiés par sa famille, avec une *Étude* par M. SAINTE-BEUVE. 2 vol. in-8. . . . . 15 fr.

Choix de Sermons de la jeunesse de Bossuet. Édition critique d'après les textes, avec introduction, notes et notices. 1 vol. in-8, 5 fac-simile. . 7 fr. 50

GEFFROY (A.)

Rome et les Barbares. Étude sur la *Germanie* de Tacite. 1 vol. in-8. 7 fr. 50

Lettres inédites de Mme des Ursins, avec une introd. et des notes. 1 v. in-8. 6 fr.

GERMOND DE LAVIGNE

Le Don Quichotte de FERNANDEZ AVELLANEDA, traduit de l'espagnol et annoté. 1 beau vol. in-8. . . . . 5 fr.

GERUZEZ

Histoire de la littérature française jusqu'à la Révolution. *(Ouvrage couronné par l'Académie française.)* Nouvelle édition. 2 vol. in-8 . . . . 14 fr.

GODEFROY-MENILGLAISE (Mis DE)

Les savants Godefroy. Mémoires d'une famille pendant les XVIe, XVIIe et XVIIIe siècles. 1 vol. in-8. . . . . 7 fr.

GODEFROY (F.)

Lexique comparé de la langue de Corneille et de la langue du XVIIe siècle en général. *(Ouvrage couronné par l'Académie française.)* 2 vol. in-8. . . . . 15 fr.

GRASSET (LE PRÉSIDENT)

Madame de Choiseul et son temps. Etude de la société de la fin du XVIIIe siècle. 1 vol. in-8. . . . . 6 fr.

GUADET

Les Girondins, leur vie politique et privée, leur proscription, leur mort. 2 vol. in-8. . . . . 12 fr.

GUÉRIN (MAURICE DE)

Journal, lettres et fragments, publiés par M. TREBUTIEN, avec une étude par M. SAINTE-BEUVE. 1 volume in-8. . . . . 7 fr.

GUÉRIN (EUGÉNIE DE)

Journal et lettres, publiés par M. TREBUTIEN. *(Ouvrage couronné par l'Académie française.)* 2 vol. in-8. . . . . 14 fr.

GUIZOT

Sir Robert Peel, étude d'histoire contemporaine, accompagnée de fragments *inédits* des Mémoires de Robert Peel. Nouvelle édition. 1 vol. in-8. . . . . . 6 fr.

Histoire de la Révolution d'Angleterre, depuis l'avénement de Charles Ier jusqu'à la mort de R. Cromwell (1625-1660). 6 vol. in-8, en 3 parties. . . 42 fr.

— **Histoire de Charles Ier**, depuis son avénement jusqu'à sa mort (1625-1649) précédée d'un *Discours sur la Révolution d'Angleterre*. 8e édit. 2 vol. in-8. 14 fr.

— **Histoire de la République d'Angleterre et de Cromwell** (1649-1658). 2e édit. 2 vol. in-8. . . . . 14 fr.

— **Histoire du protectorat de Richard Cromwell**, et du *Rétablissement des Stuarts* (1659-1660). 2e édit. 2 vol. in-8. . . . . 14 fr.

Études sur l'Histoire de la Révolution d'Angleterre. 2 vol. in-8 :

— **Monk. Chute de la République.** 5e édit. 1 vol. in-8, portrait. . . . . 6 fr.

— **Portraits politiques** des hommes des divers partis : *Parlementaires, Cavaliers, Républicains, Niveleurs*. Etudes historiques Nouv. édit. 1 vol. in-8. 6 fr.

Essais sur l'Histoire de France. 10e édit. 1 vol. in-8 . . . . 6 fr.

GUIZOT (*suite*.)

Histoire des origines du gouvernement représentatif et des institutions politiques de l'Europe, etc. Nouv. édit. 2 vol. in-8. . . . . 10 fr.

Histoire de la civilisation en Europe et en France, depuis la chute de l'empire romain jusqu'à la Révolution française. Nouv. édition. 5 vol. in-8. 30 fr.

Discours académiques, suivis des discours prononcés pour la distribution des prix au Concours général et devant diverses sociétés, etc. 1 vol. in-8. . . 6 fr.

Corneille et son temps. Étude littéraire, etc. 1 vol. in-8. . . . . . . 6 fr.

Méditations et Études morales et religieuses. Nouv. édit. 1 vol. in-8. 6 fr.

Études sur les beaux-arts en général. 3e édit. 1 vol. in-8. . . . . . . 6 fr.

De la Démocratie en France. 1 vol. in-8 de 164 pages. . . . . . . 2 fr. 50

Abailard et Héloïse. Essai historique par M. et Mme Guizot, suivi des *Lettres d'Abailard et d'Héloïse*, traduites par M. Oddoul. Nouv. édit. 1 vol. in-8. 6 fr.

Grégoire de Tours et Frédégaire. — Histoire des Francs et Chronique, trad. Nouv. édit. revue et augmentée de la *Géographie de Grégoire de Tours et de Frédégaire*, par M. Alfred Jacobs. 2 vol. in-8, avec une carte spéciale. . 14 fr.

Cet ouvrage est autorisé par décision ministérielle pour les Écoles publiques.

Œuvres complètes de W. Shakspeare, traduction nouvelle de M. Guizot, avec notices et notes. 8 vol. in-8. 48 fr.

Histoire de Washington *et de la fondation de la république des États-Unis*, par M. C. de Witt, avec une Introduction par M. Guizot. 3e édition, revue et augmentée. 1 vol. in-8, avec portraits et carte. . . . . 7 fr.

Dictionnaire universel des synonymes de la langue française, contenant les synonymes de Girard, Beauzée, Roubaud, d'Alembert, etc., augmenté d'un grand nombre de nouveaux synonymes, par M. Guizot, 8e édit. 1 vol. gr. in-8.... 12 fr.

L'introduction de cet ouvrage est autorisée dans les Etablissements d'instruction publique

GUIZOT (GUILLAUME)

Ménandre. Étude historique et littéraire sur la Comédie et la Société grecques. (*Ouvrage couronné par l'Académie française.*) 1 vol. in-8, avec portrait. . . 6 fr.

HALLEGUEN (Dr)

Armorique et Bretagne. Origines armorico-bretonnes. 2 vol. in-8. . . 12 fr.

HOUSSAYE (ARSÈNE)

Histoire de Léonard de Vinci. 1 vol. in-8 avec portrait 7 50

HOUSSAYE (HENRY)

Histoire d'Alcibiade et de la République athénienne, depuis la mort de Périclès jusqu'à l'avénement des trente tyrans. 2 volumes in-8, ornés d'un beau portrait. . . . . 14 fr.

Histoire d'Apelles. Études sur l'art grec. 1 vol. in-8. . . . . 7 fr.

J. JANIN

La Poésie et l'Éloquence à Rome au temps des Césars. 1 vol. in-8. 6 fr.

JOBEZ (AD.)

La France sous Louis XV (1715-1774). 6 vol. in-8. (*Ouv. terminé.*). 36 fr.

JULIEN (ERN.)

La Chasse. Son histoire et sa législation. 1 vol. in-8. . . . . 7 fr.

JUSTE (THÉOD.)

Le Soulèvement des Pays-Bas contre la domination espagnole. 2 vol. in-8. . . . . 14 fr.

Vie de Marnix de Sainte-Aldegonde — 1538-1568 — 1 vol. in-8. . . . 5 fr.

LÉON LAGRANGE

Joseph Vernet et la Peinture au XVIIIe siècle, avec grand nombre de documents inédits. 1 volume in-8. . . . . 6 fr.

Pierre Puget, peintre, sculpteur architecte, etc. 1 vol. in-8. . . . . . 6 fr.

LAMENNAIS

Correspondance inédite, publiée par M. Forgues. 2 vol. in-8. . . . . . 10 fr

LAPATZ

Lettres de Synésius, traduites pour la première fois et suivies d'études, etc. 1 vol. in-8. . . . . 7 fr.

LAPRADE (V. DE)

Poëmes civiques. 1 vol. in-8 . . . . 6 fr.
Questions d'art et de morale. 1 vol. in-8. . . . . 6 fr.
Le Sentiment de la nature avant le Christianisme et chez les modernes. 2 vol. in-8. . . . . 15 fr.

LAVOLLÉE (RENÉ)

Portalis, *sa vie et ses œuvres.* 1 vol. in-8. . . . . 6 fr.

LECOY DE LA MARCHE

L'Académie de France à Rome. Correspondance inédite de ses Directeurs publiée avec une étude et des notes. 1 vol. in-8. . . . . 6 fr.
La Chaire française au moyen âge, et spécialement au XIIIe siècle. (*Ouvrage couronné par l'Académie des inscriptions.*) 1 vol. in-8. . . . . 8 fr.

LE DIEU (L'ABBÉ)

Mémoires et Journal de l'abbé Le Dieu, sur la vie et les ouvrages de Bossuet, publiés sur les manuscrits autographes. 4 vol. in-8. . . . . 20 fr.

LÉLUT

Physiologie de la pensée. Recherche critique des rapports du corps à l'esprit. 2 vol. in-8. . . . . 12 fr.

LEMOINE (ALB.)

L'Aliéné devant la philosophie, la morale et la société. 1 vol. in-8. . . 6 fr.

LESSING

La Dramaturgie de Hambourg, trad. d'Ed. DE SUCKAU et L. CROUSLÉ, avec une étude par M. A. MÉZIÈRES. 1 vol. in-8. . . . . 7 fr.
Théâtre choisi de LESSING et KOTZEBUE, avec notices et notes; traduit par MM. de BARANTE et FRANK. 1 vol. in 8. . . . . 6 fr.

LEZAT (L'ABBÉ)

De la Prédication sous Henri IV. 1 vol. in-8. . . . . 5 fr.

LITTRÉ

Histoire de la langue française. Études sur les origines, l'étymologie, la grammaire, etc 4e édit. 2 vol. in-8. . . . . 14 fr.

LIVET (CH.)

La Grammaire française et les Grammairiens du XVIIe siècle. (*Mention très-honorable de l'Académie des inscriptions*) 1 fort vol. in-8. . . . . . 7 fr.

LOPE DE VEGA

Œuvres dramatiques. Trad. de M. E. BARET, avec une Étude, notices, notes. 2 vol. in-8.. . . . . 12 fr.

LORGERIL (Vte DE)

Poëmes. 1 vol. in-8. . . . . 6 fr.

LOVE

Le Spiritualisme rationnel, à propos des divers moyens d'arriver à la connaissance, etc. 1 vol. in-8. . . . . 6 fr.

J. TH. LOYSON (L'ABBÉ)

L'Assemblée du clergé de France *de* 1682, d'après des documents dont un grand nombre inconnus jusqu'à ce jour. 1 vol. in-8 . . . . 7 fr.

MAINE DE BIRAN

Vie et Pensées, publiées par Em. Naville. 2e édit. augm. 1 vol. in-8. 7 fr. 50

MARTHA BECKER

Matérialisme et panthéisme. 1 vol. in-8. . . . . 5 fr.

MARTIN (HENRI)

Études d'Archéologie celtique, 1 vol. in-8. . . . . 7 fr. 50

MARY (D')***

Le Christianisme et le Libre Examen. Discussion des arguments apologétiques. 2 vol. in-8. . . . . 12 fr.

MATTER

Le Mysticisme en France au temps de Fénelon. 1 vol. in-8. . . . 6 fr.
Swedenborg. Sa vie, ses écrits, sa doctrine. 1 vol. in-8.. . . . . 6 fr.
Saint-Martin, *le Philosophe inconnu,* sa vie, ses écrits, etc. 1 vol. in-8. 6 fr.

MAURY (ALF.)

Les Académies d'autrefois. 2 parties :
— *L'ancienne Académie des sciences.* 1 volume in-8. . . . . 6 fr.
— *L'ancienne Académie des inscriptions et belles-lettres.* 1 volume in-8. . 6 fr.

MEAUX (Vte DE)

La Révolution et l'Empire. Étude d'histoire politique. 1 vol. in-8. . . . 6 fr

MÉNARD (L. ET R.)

La Sculpture antique et moderne. 1 vol. in-8. . . . . 6 fr.
La Morale avant les philosophes. 1 vol. in-8. . . . . 3 fr. 50

MÉZIÈRES (ALF.)

Pétrarque. Étude d'après des documents nouveaux. (*Ouvrage couronné par l'Académie française.*) 1 vol. in-8. . . . . 7 fr. 50
Gœthe. Les œuvres expliquées par la vie. 2 vol. in-8 . . . . 15 fr.

MICHAUD (ABBÉ)

Guillaume de Champeaux et les écoles de Paris au XIIe siècle. 1 vol. in-8. 7 fr.

MIGNET

Éloges historiques : *Jouffroy, de Gérando, Laromiguière, Lakanal, Schelling, Portalis, Hallam, Macaulay.* 1 vol. in-8. . . . . 6 fr.
Antonio Perez et Philippe II. 4e édition. 1 vol. in-8. . . . . 6 fr.
Charles-Quint, SON ABDICATION, SON SÉJOUR ET SA MORT AU MONASTÈRE DE YUSTE. 5e édit., revue et corrigée. 1 beau vol. in-8. . . . . 6 fr.
Histoire de la Révolution française. 11e édit. 2 vol. in-8. (*Sous presse*).

MOLAND (LOUIS)

Origines littéraires de la France. Roman, Légende, etc. 1 vol. in-8. 6 fr.

MONNIER (F.)

Le Chancelier d'Aguesseau, etc., avec des documents inédits et des ouvrages nouveaux du Chancelier. (*Ouvr. cour. par l'Acad. franç.*) 2e édit. 1 vol. in-8. 6 fr.

MONTALEMBERT (COMTE DE)

L'Église libre dans l'État libre. 1 vol. in-8. . . . . 2 fr. 50

MORAND (F.)

Les jeunes années de Sainte-Beuve. 1 vol. in-8. . . . . 3 fr.

MORET (ERNEST)

Quinze ans du règne de Louis XIV. 1700-1715. (*Ouvrage couronné par l'Académie française, 2e prix Gobert.*) 3 vol. in-8. . . . . 15 fr.

MOURIN (ERN.)

Les Comtes de Paris. Histoire de l'Avénement de la 3e race. (*Ouvrage cour. par l'Académie française. 2e prix Gobert*). 1 vol. in-8 . . . . 7 fr.

NOURRISSON

Tableau des progrès de la pensée humaine. Les philosophes et les philosophies depuis Thalès jusqu'à Hegel. 5e édit. revue et augm. 1 vol. in-8. 7 fr. 50
Philosophie de saint Augustin. (*Ouvrage couronné par l'Académie des sciences morales.*) 2 vol. in-8. . . . . 14 fr.
La Nature humaine. Essais de psychologie appliquée. (*Ouvrage couronné par l'Académie des sciences morales.*) 1 vol. in-8. . . . . 7 fr.
Essai sur Alexandre d'Aphrodisias, suivi du traité *du Destin et du Libre pouvoir,* traduit en français pour la première fois. 1 vol. in-8. . . . . . 6 fr.

NOUVION (V. DE)

Histoire du règne de Louis-Philippe Ier (1830-1840). 4 vol. in-8. . . 24 fr

PELLISSON ET D'OLIVET

Histoire de l'Académie française. Nouv. édit. avec une introduction, des notes et éclaircissements, par M. CH. LIVET. 2 gros vol. in-8. . . . . . . 12 fr.

PENQUER (Mme A.)

Velléda. 5e édit. 1 vol. in-8. . . . . 6 fr.

PERRENS

La Démocratie en France au moyen-âge. (*Ouvrage couronné par l'Institut.*) 2 vol. in-8. . . . . 12 fr.
Les Mariages espagnols sous Henri IV et Marie de Médicis. (*Ouvrage couronné par l'Académie française.*) 1 vol. in-8. . . . . 7 fr.

POTIQUET

L'Institut national de France. Ses diverses organisations. — Ses membres. — Ses associés et correspondants (20 nov. 1795. — 19 nov. 1869). 1 vol. in-8. 8 fr.

POUGEOIS (L'ABBÉ)

Vansleb, *savant orientaliste et voyageur;* sa vie, sa disgrâce, ses œuvres. 1 vol. in-8. . . . . 7 fr.

POUJADE (EUG.)

Chrétiens et Turcs, scènes et souvenirs de la vie politique, militaire et religieuse en Orient. 1 fort vol. in-8. 6 fr.

PRELLER

Les Dieux de l'ancienne Rome. *Mythologie romaine,* trad. par M. DIETZ, avec préface de M. Alf. MAURY. 1 vol. in-8. . . . . 7 fr. 50

RAYNAUD (MAURICE)

Les Médecins au temps de Molière. Mœurs, Institutions, Doctr. 1 v. in-8. 6 fr.

RÉAUME (EUG.)

Les Prosateurs français au XVIe siècle. 1 vol. in-8. . . . . 6 fr.

REYNALD (H.)

Mirabeau et la constituante. (*Ouv. cour par l'Acad. franç.*) 1 v. in-8. 7 fr. 50

RIBOT

Philosophie de la Société. Etude sur notre organisation sociale. 1 vol. in-8. 6 fr.

ROSELLY DE LORGUES

Christophe Colomb. Sa vie et ses voyages. 3e édit. 2 vol. in-8, portr. . . 12 fr.

ROUGEMONT

L'Age du Bronze, ou les *Sémites en Occident,* matériaux pour servir à l'histoire de la haute antiquité. 1 vol. in-8. . . . . 7 fr.

ROUSSET (CAMILLE)

Le Comte de Gisors, 1732-1758, étude historique. 1 vol. in-8 . . . 7 fr.

Histoire de Louvois et de son administration politique et militaire. (*Ouvrage couronné par l'Académie française. 1er prix Gobert.*) 3e édit. 4 vol. in-8. 28 fr.

Correspondance de Louis XV et du maréchal de Noailles. 2 v. in-8. 12 fr.

P. ROUSSELOT

Les Mystiques espagnols. 2e édit. 1 vol. in-8. . . . . 7 fr. 50

SACY (S. DE)

Variétés littéraires, morales et historiques. 2e édit. 2 vol. in-8. . . . . 14 fr.

J. BARTHÉLEMY SAINT-HILAIRE

Le Bouddha et sa religion. Nouv. édition, revue et augm. 1 vol. in-8. . 7 fr.

Mahomet et le Coran. Précédé d'une introduction sur les devoirs mutuels de la philosophie et de la religion. 1 vol. in-8. . . . . 7 fr.

L'Iliade d'Homère, trad. en vers français. 2 vol in-8. . . . . 16 fr.

SAISSET (E.)

Le Scepticisme. — Ænésidème. — Pascal. — Kant. — Études, etc. 1 vol. in-8. 6 fr.

Précurseurs et Disciples de Descartes. Études d'histoire et de philosophie. 1 vol. in-8. . . . . 6 fr.

SALVANDY (N. DE)

Histoire de Sobieski et de la Pologne. 2 vol. in-8. Nouvelle édition. . . 14 fr

Don Alonso, ou l'Espagne; histoire contemporaine. Nouv. édit. 2 v. in-8. 14 fr.

La Révolution de 1830 et *le Parti révolutionnaire.* Nouv. édit. 1 vol. in-8. 1855. . . . . 5 fr

SAULCY (F. DE)

Voyage en terre sainte. 2 vol. grand in-8. . . . . 20 fr.

Histoire de l'Art judaïque, d'après les textes sacrés et profanes. 1 vol. in-8. 6 fr.

Les Campagnes de Jules César dans les Gaules. Etudes d'archéologie militaire. 1 vol. in-8, fig. . . . . 7 fr.

SAYOUS (A.)

Le Dix-huitième siècle à l'Etranger. — Histoire de la littérature française en Angleterre, en Prusse, en Suisse, en Hollande, etc., depuis Louis XV jusqu'à la Révolution. (*Ouvr. cour. par l'Académie franç.*) 2 vol. in-8. 12 fr.

SCHILLER

Œuvres dramatiques, trad. de M. DE BARANTE. Nouv. édit. entièrement revue, accompagnée d'une étude, de notices et de notes. 3 vol. in-8. . . . . . 18 fr.

SCHNITZLER

Rostoptchine et Kutusof. *La Russie en* 1812. Tableau de mœurs et essai de critique historique. 1 vol. in-8 . . . . 6 fr.

SCLOPIS (F.)

Histoire de la Législation italienne. trad. par M. CH. SCLOPIS. 2 v. in-8. 10 fr.

SHAKSPEARE

Œuvres complètes. traduct. de M. GUIZOT. Nouvelle édition revue, accompagnée d'une Étude sur Shakspeare, de notices, de notes. 8 vol. in-8. . . . . 48 fr.

SOREL

Le Couvent des Carmes et le Séminaire de Saint-Sulpice pendant la Terreur, 1 vol. in-8 avec planches . . . . 7 fr.

DANIEL STERN

Dante et Gœthe. Dialogues. 1 vol. in-8. . . . . 6 fr.

STAAFF

Lectures choisies de littérature française depuis la formation de la langue jusqu'à nos jours. 3e édition. 3 vol in-8 divisés en six cours. . . . . . 25 fr.

TAILLANDIER (SAINT-RENÉ)

La Serbie. Kara George et Milosch. 1 vol. in 8. . . . . 7 fr. 50

THIERRY (AMEDÉE)

Saint Jean Chrysostome et Eudoxie. 1 vol. in-8 . . . . 8 fr.
Trois Ministres des fils de Theodose. Nouveaux Récits de l'histoire romaine. 1 vol. in-8 . . . . 7 fr.
Récits de l'Histoire romaine au ve siècle. 3e édit. 1 vol. in-8. . . . . 7 fr.
Tableau de l'Empire romain, depuis la fondation de Rome jusqu'à la fin du gouvernement impérial en Occident. 4e édit. 1 vol. in-8. . . . . 7 fr.
Histoire d'Attila, de ses fils et de ses successeurs en Europe. Nouv. édit. revue. 2 vol. in-8 . . . . 14 fr.
Histoire des Gaulois jusqu'à la domination romaine 6e éd. rev. 2 v in-8. 14 fr.
Histoire de la Gaule sous la domination romaine. 3 vol. in-8. Tomes I et II en vente. Le vol. à. . . . . 7 fr.

TISSOT

L'Imagination. Ses bienfaits et ses égarements, surtout dans le domaine du merveilleux. 1 vol. in-8. . . . . 7 fr. 50
Turgot. Sa vie, son administration, ses ouvrages. (*Ouvrage couronné par l'Académie des sciences morales.*) 1 vol. in-8.. . . . . 5 fr.
Les Possédées de Morzine. Broch. in-8. . . . . 1 fr.

TOPIN (MARIUS)

L'Homme au masque de fer. (*Ouv. cour. par l'Acad. franç.*) 1 vol. in-8. 7 fr.
L'Europe et les Bourbons sous Louis XIV. (*Ouvrage couronné par l'Académie française.* Prix Thiers.) 1 vol. in-8. . . . . 7 fr.

VILLEMAIN

Histoire de Grégoire VII. 2e édit. 2 vol. in-8.. . . . . 15 fr.
Souvenirs contemporains d'Histoire et de Littérature. Première partie : M. DE NARBONNE. etc. 7e édit. 1 vol. in-8. . . . . 7 fr.
Souvenirs contemporains d'Histoire et de Littérature. Deuxième partie : LES CENT JOURS. 1 vol in-8 Nouv édit. . . . . 7 fr.
La République de Cicéron, traduite avec une introduction et des suppléments historiques. 1 vol. in-8.. . . . . 6 fr

VILLEMAIN (*suite*)

Choix d'Études SUR LA LITTÉRATURE CONTEMPORAINE : *Rapports académiques*, Études sur *Chateaubriand, A. de Broglie, Nettement*, etc. 1 vol. in-8. . . . . . . 6 fr.

Cours de Littérature française : le *Tableau de la Littérature au XVIIIe siècle* et le *Tableau de la Littérature au moyen âge*. Nouv. édit. 6 vol in-8. 36 fr.

Tableau de l'éloquence chrétienne au IVe siècle, etc. Nouv. édit. 1 fort vol. in-8. . . . . 6 fr.

Discours et Mélanges littéraires : *Éloges de Montaigne et de Montesquieu.* — *Sur Fénelon et sur Pascal.* — *Rapports et discours académiques.* Nouv. édit. 1 vol. in-8. . . . . 6 fr.

Études de Littérature ancienne et étrangère : *Hérodote, Lucrèce, Lucain, Cicéron, Tibère et Plutarque.* — *Les romans grecs.* — *Shakspeare; Milton; Byron*, etc. Nouv. édit. 1 vol. in-8. . . . . 6 fr.

Études d'Histoire moderne : *Discours sur l'état de l'Europe au XVe siècle.* — *Lascaris.* — *Essai historique sur les Grecs.* — *Vie de l'Hôpital.* 1 vol. in-8. 6 fr.

Essais sur le génie de Pindare et la poésie lyrique, etc. 1 vol. in-8. 6 fr.

VILLEMARQUÉ (H. DE LA)

Barzaz Breiz. *Chants populaires de la Bretagne*, recueillis et annotés avec musique. 1 vol. in-8. . . . . 7 fr. 50

Le grand Mystère de Jésus. Drame breton du moyen âge, avec une Étude sur le théâtre chez les nations celtiques. 1 vol. in-8, pap. de Hollande. . . . 12 fr.

— LE MÊME. pap. ordinaire. . . . . 7 fr.

La Légende celtique et la poésie des cloîtres, etc. 1 vol. in-8. . 6 fr.

Les Bardes bretons. Poëmes du VIe siècle, traduits en français avec fac-simile. Nouv. édit. 1 vol. in-8. . . . . 7 fr.

Les Romans de la Table ronde et les Contes des anciens Bretons. Nouv. édit. 1 vol in-8. . . . . 7 fr.

Myrdhinn ou l'Enchanteur Merlin. Son histoire, ses œuvres, son influence. 1 vol. in-8. . . . . 7 fr.

VINET (E.)

L'Art et l'Archéologie. 1 vol. in-8. . . . . 7 fr. 50

VITU (AUG.)

Histoire civile de l'armée, ou des conditions du service militaire en France avant la formation des armées permanentes. 1 vol. in-8. . . . . 6 fr.

VOLTAIRE

Lettres inédites de Voltaire, publiées par MM. DE CAYROL et FRANÇOIS, avec une Introduction par M. SAINT-MARC GIRARDIN. 2e édit. augmentée. 2 vol. in-8. 12 fr.

Voltaire à Ferney. Correspondance inédite avec la duchesse de Saxe-Gotha, nouvelles Lettres et Notes historiques inédites, publiées par MM. EV. BAVOUX et A. FRANÇOIS. Nouv. édit. augmentée. 1 vol. in-8. . . . . 6 fr.

Voltaire et le président de Brosses. Correspondance inédite, suivie d'un Supplément etc., publiée avec notes, par M. TH. FOISSET. 1 vol. in-8. . . . . 5 fr.

WADDINGTON

Dieu et la Conscience. 1 vol in-8. . . . . 6 fr.

WIDAL

Juvénal et ses satires. Études littéraires et morales. 1 vol. in-8. . . 7 fr.

WITT (CORNÉLIS DE)

Études sur l'histoire des États-Unis d'Amérique. 2 volumes :

— **Thomas Jefferson**. Étude historique sur la démocratie américaine. 2e édit. 1 vol. in-8, orné d'un portrait. . . . . 7 fr.

— **Histoire de Washington** *et de la fondation de la République des États-Unis*, avec une Étude par M. GUIZOT. 3e édit. 1 vol. in-8, portraits et carte. 7 fr.

ZELLER

Origines de l'Allemagne et de l'empire germanique. 1 volume in-8 avec cartes. . . . . 7 fr. 50

Fondation de l'Empire germanique. 1 vol. in-8 avec 2 cartes. . . . 7 fr. 50

DISCOURS ACADÉMIQUES

Discours de MM. Saint-René Taillandier et Nisard, à l'Académie française, le 22 janvier 1873. In-8. . . . . 1 fr.

Discours de MM. de Loménie et J. Sandeau, séance du 8 janvier 1874. In-8 . . . . 1 fr.

Discours de MM. de Viel Castel et X. Marmier. séance du 27 novembre 1873, in-8 . . . . 1 fr.

Discours de MM. Littré et de Champagny séance du 5 juin 1873. In-8. . . . . 1 fr.

Discours de MM. le duc d'Aumale et Cuvillier Fleury, séance du 3 avril 1873. In-8. . . . . 1 fr.

Discours de MM. Rousset et d'Haussonville, séance du 2 mars 1872. In-8. 1 fr.

Discours de MM. Duvergier de Hauranne et Cuvillier-Fleury, séance du 29 février 1872. In-8. . . . . 1 fr.

Discours de MM. X. Marmier et Cuvillier-Fleury, séance du 7 décembre 1871. In-8. . . . . 1 fr.

Discours de MM. Jules Janin et Camille Doucet, séance du 9 novembre 1871. In-8 . . . . 1 fr.

Discours de MM. Barbier et Silvestre de Sacy, séance du 17 mai 1870. In-8 . . . . 1 fr.

Discours de MM. d'Haussonville et Saint-Marc Girardin, séance du 13 mars 1870. In-8. . . . . 1 fr.

Discours de MM. de Champagny et Silvestre de Sacy, séance du 10 mars 1870. In-8. . . . . 1 fr.

Discours de MM. Autran et Cuvillier-Fleury, séance du 8 avril 1869. In-8. . . . . 1 fr.

Discours de MM. Claude Bernard et Patin, séance du 27 mai 1869. In-8. . . . . 1 fr.

Discours de MM. Jules Favre et Ch. de Rémusat, séance du 23 avril 1868. . . . . 1 fr.

Discours de MM. l'abbé Gratry et Vitet, séance du 26 mars 1868. . . 1 fr.

Discours de MM. Cuvillier-Fleury et Nisard, séance du 11 avril 1867. 1 fr.

Discours de M. Guizot, en réponse à celui de M. Prévost-Paradol, séance du 8 mars 1866. . . . . 50 c.

Discours de MM. Camille Doucet et Sandeau, séance du 22 février 1866. 1 fr.

Discours de MM. Dufaure et Patin, séance du 7 avril 1864. In-8. . . 1 fr.

Discours de MM. le comte de Carné et Viennet, séance du 4 février 1864. In-8. . . . . 1 fr.

Discours de MM. le prince de Broglie et Saint-Marc-Girardin, séance du 26 février 1863. In-8. . . . . 1 fr.

Discours de MM. J. Sandeau et Vitet, séance du 26 mai 1859. In-8. . 1 fr.

Discours de MM. de Laprade et Vitet, séance du 17 mars 1859. In-8. . 1 fr

Discours de MM. le comte de Falloux et Brifaut, séance du 26 mars 1857. In-8. . . . . 1 fr.

Discours de MM. Biot et Guizot, séance du 5 février 1857. In-8. . . 1 fr.

Discours de MM. le duc de Broglie et Désiré Nisard, séance du 3 avril 1856. In-8. . . . . 1 fr.

Discours de MM. Silvestre de Sacy et de Salvandy, séance du 22 juin 1855. In-8. . . . . 1 fr.

Discours de MM. Berryer et de Salvandy, séance du 22 février 1855. In-8. . . . . 1 fr.

Discours de MM. Villemain et Guizot, à l'Académie française (séance annuelle du 25 août 1859). In-8. . . . . 1 fr.

Notice historique sur la vie et les travaux de M. Victor Cousin, par M. Mignet, séance du 16 janvier 1869. In-8 . . . . 1 fr.

Éloge de M. Horace Vernet, par M. Beulé, prononcé à l'Académie des beaux-arts, le 3 octobre 1863. In-8. . . . . 1 fr.

Éloge de M. Hippolyte Flandrin, par M. Beulé, prononcé à l'Académie des beaux-arts, le 19 novembre 1864. In-8. . . . . 1 fr.

Éloge de M. Meyerbeer, par M. Beulé, à l'Académie des Beaux-Arts, le 28 octobre 1865. In-8. 1 fr.

BIBLIOTHÈQUE ACADÉMIQUE

Format in-12.

ALAUX

La Raison.—Essai sur l'avenir de la philosophie. 1 vol. . . . . 3 fr.

AMPÈRE (J.-J.)

Formation de la langue française. Complément de l'**Histoire littéraire de la France.** 3ᵉ édition revue et annotée. 1 fort vol. . . . . 4 fr.

Histoire littéraire de la France avant et sous Charlemagne. 3ᵉ édition revue. 3 vol. . . . . 10 fr. 50

La Grèce, Rome et Dante, études littéraires. 3ᵉ édit. 1 vol. . . . . . 3 fr. 50

La Science et les Lettres en Orient. 2ᵉ édit. 1 vol. . . . . 3 fr. 50

Philosophie des deux Ampère, avec Préface de M. B. Saint-Hilaire. 2ᵉ édit. 1 vol. . . . . 3 fr. 50

Heures de poésie. Nouvelle édition. 1 vol. . . . . 3 fr. 50

AUBERTIN (CH.)

L'Esprit public au xviiiᵉ siècle. (*Ouv. couronné par l'Académie française.*) 2ᵉ édit. 1 fort vol. . . . . 4 fr.

Sénèque et saint Paul. Etude sur les rapports supposés entre le philosophe et l'apôtre. (*Ouv. couronné par l'Acad. française*). 2ᵉ édit. 1 vol. . . . 3 fr. 50

AUBRYET (XAV.)

Les Représailles du Sens commun. 1 vol. . . . . 3 fr. 50

AUDIAT

Bernard Palissy. Étude sur sa vie et ses travaux. (*Ouv. couronné par l'Académie française.*) 1 vol. . . . . 3 fr. 50

AUDIGANNE

La Morale dans les Campagnes. 1 vol. . . . . 3 fr. 50

AUDLEY (Mᵐᵉ)

Franz Schubert. Sa vie, ses œuvres. Avec le Catalogue de ses pièces. 1 vol. 3 fr.

Beethoven, sa vie, ses œuvres. Avec le Catalogue. 1 vol. . . . . 3 fr.

AUGER (ED.)

Récits d'outre-mer. 1 vol. . . . . 3 fr.

D'AZEGLIO (MASSIMO)

L'Italie, de 1847 à 1865. Correspondance politique publiée par Eug. Rendu. 3ᵉ édition. 1 vol. in-12. . . . . 3 fr. 50

BADER (Mˡˡᵉ)

La Femme biblique, sa vie morale et sociale. 2ᵉ édit. 1 vol. . . . . . 3 fr. 50

La Femme grecque. (*Ouvrage couronné par l'Académie française*). 2ᵉ édition. 2 vol. . . . . 7 fr.

BABOU

Les Amoureux de Mᵐᵉ de Sévigné, etc. 2ᵉ édition. 1 vol. . . . . 3 fr.

BAGUENAULT DE PUCHESSE

L'Immortalité. — *La mort et la vie.* 3ᵉ édit. revue. 1 vol. . . . . . . 3 fr. 50

BAGUENAULT DE PUCHESSE (GUSTAVE)

Jean de Morvillier, évêque d'Orléans, garde des sceaux. Etude sur la politique française au xviᵉ siècle. 2ᵉ édit. 1 vol. . . . . 3 fr. 50

BAILLON (COMTE DE)

Lettres d'Horace Walpole, pendant ses voyages en France. 2ᵉ édit. 1 vol. 3 fr. 50

Lord R. Walpole à la cour de France. 1723-1730. 2ᵉ édit. 1 vol. . 3 fr. 50

BARET

Les Troubadours, et leur influence sur la littérature du midi 3ᵉ édition. 1 vol. . . . . 3 fr. 50

BARANTE

Études historiques et littéraires. Nouv. édit. 4 vol. . . . . 14 fr.

Royer-Collard. — Ses discours et ses écrits. Nouv. éd. 2 vol. (*sous presse*) 7 fr.

Histoire des ducs de Bourgogne Nouv. édit., illustrée de vign. 8 vol. 28 fr.

Tableau littéraire du xviiiᵉ siècle. Nouv. édit. 1 vol. . . . . 3 fr. 50

Histoire de Jeanne d'Arc. *Édition populaire.* 1 vol. . . . . 1 fr. 25

BARTHÉLEMY (ED. DE)

Mesdames, filles de Louis XV. 2ᵉ édit. 1 fort vol. . . . . 4 fr.
La princesse de Condé, *Charlotte Catherine de la Trémoille*, 1 vol. 3 fr. 50
Journal d'un Curé ligueur de Paris, etc. 1 vol. . . . . 3 fr

H. BAUDRILLART

Publicistes modernes. *Young, de Maistre, M. de Biran, Ad. Smith, L. Blanc, Proudhon, Rossi, Stuart-Mill*, etc. 2ᵉ édition. 1 vol. . . . . 3 fr. 5

BAUTAIN (L'ABBÉ)

Philosophie des lois au point de vue chrétien. 3ᵉ édit. 1 vol. . . . . . 3 fr. 50
La Conscience, ou la Règle des actions humaines. 2ᵉ édit. 1 vol. . . . 3 fr. 50

BECQ DE FOUQUIÈRES

Aspasie de Milet. Étude historique et morale. 1 vol. . . . . 3 fr. 50

BENLOEW

Essais sur l'esprit des littératures. La Grèce et son cortége. 1 vol. 3 fr. 50

BENOIT

Chateaubriand, sa vie, ses œuvres. *(Ouv. cour. par l'Acad. franç.)* 1 vol. 3 fr.

BERSOT (ERN.)

Morale et politique. 2ᵉ édit. 1 vol. . . . . 3 fr. 50
Essais de philosophie et de morale. 2ᵉ édit. 2 vol. . . . . 7 fr.

BERTAULD

La Liberté civile. Nouvelles études sur les publicistes. 2ᵉ édit. 1 vol. 3 fr. 50

BERTRAND (GUSTAVE)

Les Nationalités musicales au point de vue du drame lyrique. 1 vol. 3 fr. 50

BEULÉ

Fouilles et Découvertes. 2ᵉ édit. 2 vol. . . . . 7 fr.
Histoire de l'Art grec avant Périclès. 2ᵉ édit. 1 vol. . . . . 3 fr. 50
Phidias. Drame antique. 2ᵉ édition. 1 vol. . . . . 3 fr. 50
Causeries sur l'art. 2ᵉ édit. 1 vol. . . . . 3 fr. 50

BLANCHECOTTE (Mᵐᵉ)

Tablettes d'une femme pendant la Commune. 1 vol. . . . . . . 3 fr. 50
Rêves et Réalités, etc. 3ᵉ édit. *(Ouv. cour. par l'Acad. franç.)* 1 vol. . . 3 fr.
Impressions d'une femme. *(Ouv couronné par l'Acad. franç.)* 1 vol. . . . 3 fr.

BONHOMME (HONORÉ)

Le dernier abbé de cour. 1 vol. . . . . 3 fr. 50
Madame de Maintenon et sa famille, etc. 1 vol. . . . . 3 fr.

BOILLOT

L'Astronomie au XIXᵉ siècle. Tableau des progrès de cette science jusqu'à nos jours. 2ᵉ édit., augm. d'une nouv. étude sur le *Soleil*. 1 vol. . . 3 fr. 50

BOUILLIER (FRANCISQUE)

Le Principe vital et l'âme pensante. 2ᵉ édit. revue et aug. 1 fort vol. 4 fr.

BROGLIE (ALB. DE)

L'Église et l'Empire romain au IVᵉ siècle. 3 parties en 6 vol. . . . . 21 fr.
Nouvelles Etudes de littérature et de morale. 2ᵉ édit. 1 vol. . . . 3 fr. 50

BUNSEN (C.-C. J. DE)

Dieu dans l'histoire, trad. par Dietz, avec notice par Henri Martin. 2ᵉ éd. 1 vol. 4 fr.

CARNÉ (Cᵗᵉ L.)

Souvenirs de ma Jeunesse au temps de la Restauration. 2ᵉ édit. 1 v. 3 fr. 50

CELLER (LUD.)

Les Origines de l'Opéra et le Ballet de la Reine, 1581, etc. 1 vol. . . . . 3 fr.

CENAC MONCAUT

Histoire des peuples et des États pyrénéens (France et Espagne), depuis l'époque celtib. jusqu'à nos jours. 3ᵉ édit., augm. de l'étymologie des noms de lieux, etc. 4 vol. in-12 . . . . 16 fr.

CHAIGNET

La Vie et les écrits de Platon. 1 fort vol. . . . . 4 fr.
La Vie de Socrate. 1 vol. . . . . 3 fr.

CHAIGNOLLES (J. DE)

La Mort. *Étude philosophique et chrétienne* à l'usage des gens du monde. 2ᵉ édit. 1 vol. in-12. . . . . 3 fr.

CHAMBRIER (J. DE)

Marie-Antoinette, reine de France. 2ᵉ édit., revue, 2 vol. . . . . 7 fr.
Un peu partout. *Du Danube au Bosphore.* 2ᵉ édit. 1 vol. . . . . 3 fr.

CHANTEPIE (ED.)

Le Personnage humain dans la nature et dans la cité. 1 vol. . . . . . 3 fr.

CHASLES (PHILARÈTE)

Voyages d'un critique à travers la vie et les livres. 1re série, Orient. — 2e série, Italie et Espagne. 2e édit. vol. . . . . 7 fr.

CHASLES (ÉMILE)

Michel de Cervantes. Sa Vie, son temps. 2e édit. 1 vol. . . . . . . 3 fr. 50

CHASSANG

Le Spiritualisme et l'idéal dans l'art et la poésie des Grecs. 2e édit. 1 vol. 3 fr. 50

Apollonius de Tyane. Sa vie, ses voyages, ses prodiges par Philostrate et ses lettres, trad. du grec, avec notes, etc. 2e édit. 1 vol. . . . . 3 fr. 50

Histoire du Roman dans l'antiquité grecque et latine. (*Ouvrage couronné par l'Académie des inscriptions.*) Nouv. édit. 1 vol. . . . . 3 fr. 50

CHERRIER (CH. DE)

Histoire de Charles VIII, roi de France, d'après des docum. 2e édit. 2 vol. 7 fr.

CHESNEAU (ERNEST)

Les Nations rivales dans l'art. Peinture et Sculpture. 1 vol. . . . . 3 fr. 50

Les Chefs d'école. — La Peinture au XIXe siècle. 1 vol. . . . . 3 fr. 50

L'Art et les Artistes modernes en France et en Angleterre. 1 vol. . . . 3 fr.

CLÉMENT (CHARLES)

Géricault. Étude biographique et critique. 2e édit. 1 vol. . . . . 3 fr. 50

CLÉMENT (PIERRE)

L'Abbesse de Fontevrault. G. de Rochechouart. 2e édit. 1 v., portr. 4 fr.

Madame de Montespan. 2e édition. 1 vol. . . . . 3 fr. 50

La Police sous Louis XIV. 2e édition. 1 vol. . . . . 3 fr. 50

L'Italie en 1671. Relation du marquis de Seignelay, etc. 1 vol. . . . . 3 fr.

Enguerrand de Marigny. *Semblançay, le Chevalier de Rohan.* 2e édit. 1 v. 3 fr.

Jacques Cœur et Charles VII. Étude historique, etc. (*Ouv. couronné par l'Acad. française.*) Nouv. édit. 1 fort vol. . . . . 4 fr.

CLÉMENT (PIERRE) ET LEMOINE (ALFR.)

M. de Silhouette et les derniers fermiers généraux. 1 vol. . . . . 3 fr.

COCHIN (AUG.)

Conférences et lectures. Lincoln, Ulysse Grant, Longfellow, Mme Craven, etc. 3e édit. 1 vol. . . . . 3 fr. 50

COSSOLLES (H. DE)

Du Doute. Introduction à l'apologie du Christianisme. 2e édit. 1 vol. 3 fr. 50

COUSIN (V.)

La Société française au XVIIe siècle, d'après le *Grand Cyrus* de Mlle Scudéry. Nouv. édit. 2 vol. . . . . 7 fr.

Jacqueline Pascal. Premières études, etc. 6e édit. 1 vol. . . . . 3 fr. 50

Madame de Sablé 3e édit. 1 vol. . . . . 3 fr. 50

La Jeunesse de madame de Longueville 8e édition. 1 vol. . . . 3 fr. 50

Madame de Longueville pendant la Fronde. 4e édit. 1 vol. . . . . 3 fr. 50

Madame de Chevreuse. 4e édition. 1 vol. . . . . 3 fr. 50

Madame de Hautefort 5e édit. 1 vol. . . . . 3 fr. 50

Introduction à l'histoire de la Philosophie. (Cours de 1828.) 1 vol. . . 3 fr. 50

Premiers essais de philosophie. (Cours de 1815.) Nouv. édit. 1 v. in-12. 3 fr. 50

Du vrai, du beau et du bien. 18e édit. 1 vol. . . . . 3 fr. 50

Philosophie sensualiste du XVIIIe siècle. Nouv. édit. 1 vol. . . . 3 fr. 50

Histoire générale de la Philosophie, 9e édition, 1 vol . . . . 4 fr.

Philosophie de Locke. (Cours de 1830.) Nouv. édit. 1 vol. . . . . . 3 fr. 50

Des Principes de la Révolution française, etc. Nouv. édit. 1 vol . 3 fr. 50

CRAVEN (Mme AUG.)

Fleurange. (*Ouv. couronné par l'Académie française*). 15e édit. 2 vol. 6 fr.

Récit d'une sœur, souvenirs de famille. (*Ouv. couronné par l'Académie française*). 27e édit. 2 vol. . . . . 8 fr.

Anne Séverin. 12e édit. 1 vol. 4 fr.

Adélaïde Capece Minutolo. 6e édit. 1 vol. . . . . 2 fr.

Le Comte de Montalembert. Étude. 1 vol. . . . . 2 fr.

DANTIER

L'Italie. Études historiques. 2e édition. 2 vol. . . . . 8 fr.

Les Monastères bénédictins d'Italie. Souvenirs, etc. (*Ouv. couronné par l'Académie française.*) 2e édition. 2 vol. . . . . 8 fr.

DAREMBERG

La Médecine. — *Histoire et doctrines.* (*Ouv. couronné par l'Académie française.*) 2e édit. 1 vol. . . . . 3 fr. 50

DE BROSSES (LE PRÉSIDENT)

Le Président de Brosses en Italie. Lettres familières écrites d'Italie, en 1739 et 1740. 3e édit. 2 vol. . . . . 7 fr.

DELAUNAY (FERD.)

Philon d'Alexandrie. *Écrits historiques.* Trad. et précédés d'une introd., 2e édit. 1 vol. . . . . 3 fr. 50

DELAVIGNE (CASIMIR)

Œuvres. *Théâtre et poésies.* 4 vol. . . . . 14 fr.

DELÉCLUZE (E. J.)

Louis David. Son école et son temps. Souvenirs. Nouv. éd. 1 vol. . . . 3 fr. 50

DELORME

César et ses contemporains. 1 vol. . . . . 3 fr. 50

DESJARDINS (ARTHUR)

Les Devoirs. Essai sur la morale de Cicéron. (*Ouv. cour. par l'Inst.*) 1 vol. 3 fr. 50

DESJARDINS (ALBERT)

Les Moralistes français au XVIe siècle. (*Ouvrage couronné par l'Institut.*) 2e édition. 1 fort vol. . . . . 4 fr.

DESJARDINS (ERNEST)

Le Grand Corneille historien. Nouv. édit. 1 vol. . . . . 3 fr.

DESMAZE

Le Châtelet de Paris. Son organisation, etc. 2e édit., revue. 1 vol. . 3 fr. 50

DESNOIRESTERRES (G.)

Voltaire et la Société du XVIIIe siècle. 4 séries ou vol. comme suit : 1e *La jeunesse de Voltaire.* — 2e *Voltaire à Cirey.* — 3e *Voltaire à la cour.* — 4e *Voltaire et Frédéric.* 2e édition. Le vol. . . . . 4 fr.

D'HÉZECQUES (Cte DE FRANCE)

Souvenirs d'un page de la cour de Louis XVI, publiés par le Cte d'Hézecques. 1 vol. . . . . 3 fr.

DIONYS

L'Ame. Son existence, ses manifestations. 1 vol. in-12 . . . . 3 fr. 50

DU CAMP (MAXIME)

Orient et Italie, souvenirs de voyages et de lectures. 1 vol. . . . . . 3 fr. 50

DUMONT (ALB.)

Le Balkan et l'Adriatique, etc. 2e édition. 2 édit. 1 vol. . . . . . . 3 fr. 50

L'Administration et la propagande prussiennes en Alsace. 1 vol. . . 3 fr.

DUPONT (LÉONCE)

La Commune et ses auxiliaires devant la Justice. 1 vol. . . . . 3 fr.

ERNOUF (BARON)

Souvenirs de la Terreur. Mémoires d'un curé de campagne. 1 vol. . . . 3 fr.

Les Français en Prusse, 1807. D'après les documents contemp. 1 vol. 3 fr.

Le Général Kléber. Mayence, Vendée, Allemagne, Égypte. 1 vol. . . . . 3 fr.

FALLOUX (Cte DE)

Madame Swetchine. *Sa vie et ses œuvres.* Nouv. édit. 2 vol., ornés d'un portrait. . . . . 8 fr.

Madame Swetchine. *Lettres complètes.* 4e édit. 3 forts vol. . . . . . 12 fr.

Correspondance du R. P. Lacordaire et de Mme Swetchine. 7e éd. 1 v. 4 fr.

FEILLET (ALPH.)

La Misère au temps de la Fronde et saint Vincent de Paul. 1 vol. 3 fr. 50

FÉNELON

Aventures de Télémaque et d'Aristonoüs, précédées d'une Étude par M. Villemain. Nouv. édit., ornée de 24 vignettes. 1 vol. . . . . 3 fr.

FERRARI

La Chine et l'Europe. Leur histoire et leurs traditions comparées. 2e édit., 1 fort vol. . . . . 4 fr.

FERRAZ

Philosophie du devoir. (*Ouv. couronné par l'Acad. franç.*), 2e éd. 1 vol. 3 fr. 50

FEUGÈRE (LÉON)

Caractères et Portraits littéraires du XVIe siècle. 2 vol. . . . . . 7 fr.

Les Femmes poëtes du XVIe siècle etc. 3e édit. 1 vol. . . . . . 3 fr. 50

FLAMMARION

Récits de l'Infini. — *Lumen*, etc. 4e édit. 1 vol. . . . . 3 fr. 50
Sir Humphry Davy. *Les derniers jours d'un philosophe.* Ouv. traduit de l'anglais et annoté par C. Flammarion. 3e édit. 1 vol. . . . . 3 fr. 50
Dieu dans la nature. 10e édit. 1 fort vol. avec portrait. . . . . 4 fr.
La Pluralité des mondes habités, au point de vue de l'astronomie, de la physiologie et de la philosophie naturelle. 20e édit. 1 vol. fig. . . . . . . 3 fr. 50
Les Mondes imaginaires et les Mondes réels. Voyage astronom., pittor. et Revue critique des théories sur les habitants des astres. 12e édit. 1 v. Fig. 3 fr. 50

FOURNEL (VICTOR)

La Littérature indépendante et les Ecrivains oubliés. Essais de critique et d'érudition sur le XVIIe siècle. 1 vol. . . . . 3 fr. 50

FRANCK (AD.)

Philosophie et Religion. 2e édit. 1 vol. . . . . 3 fr. 50

GAILLARD (LÉOPOLD)

Les Étapes de l'Opinion, 1871-1872. 1 vol. . . . . 3 fr. 50

GALITZIN (LE PRINCE AUG.)

La Russie au XVIIIe siècle. Mémoires inédits sur Pierre le Grand, Catherine Ire et Pierre III. 2e édition. 1 vol. . . . . 3 fr. 50

GANDAR

Bossuet orateur. (*Ouv. couronné par l'Acad. franç.*) 2e édit. 1 vol. . 3 fr. 50
Choix de Sermons de la jeunesse de Bossuet. 2e édit. 1 vol., fac-s. 3 fr. 50

GARCIN (EUG.)

Les Français du Nord et du Midi. 2e édit. 1 vol. in-12. . . . . 3 fr.

GEFFROY

Gustave III et la Cour de France. (*Ouvrage couronné par l'Académie française.* 2e édit. 2 vol., ornés de portraits et fac-simile. . . . . 8 fr.

GERMOND DE LAVIGNE

Le Don Quichotte de F. Avellaneda. Trad. avec notes. 1 vol. . . . . . 3 fr

GÉRUZEZ

Histoire de la Littérature française depuis ses origines jusqu'à la Révolution. (*Ouv. cour. par l'Académie française, 1er prix Gobert.*) 10e édit. 2 vol. . . 7 fr.

GIDEL

Les Français du XVIIe siècle. 1 vol. . . . . 3 fr. 50

SAINT-MARC GIRARDIN

La Syrie en 1861. Condition des Chrétiens en Orient. 1 vol. . . . . . 3 fr.
Tableau de la littérature française au XVIe siècle. 3e édit. 1 vol. . 3 fr. 50

GOBINEAU (Cte DE).

Les Religions et les Philosophies dans l'Asie centrale. 2e édit. 1 vol. 4 fr.

GONCOURT (E. ET J. DE)

Histoire de la société française pendant la Révolution et pendant le Directoire. Nouvelle édition. 2 vol. in-12. . . . . 7 fr.

GRIMAUD DE CAUX

L'Académie des Sciences pendant le siége de Paris. Septembre 1870, février 1871. 1 vol. . . . . 3 fr.

GRUN

Pensées des divers âges de la vie. Nouv. édit. 1 vol. . . . . . . 3 fr.

GUADET

Les Girondins. Leur vie privée et publique, leur proscription et leur mort. 2e édit. 2 vol. . . . . 7 fr.

EUGÉNIE DE GUÉRIN

Journal et Fragments, publiés par Trebutien. (*Ouvrage couronné par l'Académie française.*) 29e édition. 1 vol. . . . . 3 fr. 50
Lettres d'Eugénie de Guérin. 17e édit. 1 vol. . . . . 3 fr. 50
Étude sur Eugénie de Guérin par Aug. Nicolas. Broch. . . . . 50 c.

MAURICE DE GUÉRIN

Journal, Lettres et Fragments, publiés par Trebutien, avec une Étude par M. Sainte-Beuve. 13e édit. 1 vol. . . . . 3 fr. 50

GUIZOT

Histoire de la Révolution d'Angleterre, depuis l'avénement de Charles Ier jusqu'au rétablissement des Stuarts (1625-1660). 6 vol. en trois parties. . . . 21 fr.
Monk. Chute de la République, etc. Étude historique. 1 vol. . . . 3 fr. 50
Portraits politiques des hommes des divers partis : *Parlementaires, Cavaliers, Républicains, Niveleurs*; études historiques. 1 vol. . . . . 3 fr. 50
Sir Robert Peel. Étude d'hist. contemp. augm. de docum. inéd. 1 vol. 3 fr. 50
Essais sur l'Histoire de France, etc. Nouv. édit. 1 vol. . . . . . 3 fr. 50
Histoire de la civilisation en Europe et en France, depuis la chute de l'Empire romain, etc. 12e édit. 5 vol. . . . . 17 fr. 50
Corneille et son temps. Étude littéraire suivie d'un *Essai sur Chapelain, Rotrou et Scarron*, etc. Nouv. édit. 1 vol. . . . . 3 fr. 50
Méditations et Études morales. Nouv. édit. 1 vol. . . . . 3 fr. 50
Études sur les Beaux-Arts en général. Nouv. édit. 1 vol. . . . . . 3 fr. 50
Discours académiques ; *Discours prononcés au Concours général*, etc. 1 v. 3 fr. 50
Abailard et Héloïse. Essai historique par M. et Mme Guizot, suivi des *Lettres d'Abailard et d'Héloïse*, trad. par M. Oddoul. Nouv. édit. 1 vol. . . . . 3 fr. 50
Histoire de Washington, par M. C. de Witt, avec une Introduction par M. Guizot. Nouv. édit. 1 vol. avec carte. . . . . 3 fr. 50
Grégoire de Tours et Frédégaire. — Histoire des Francs et chronique, trad. Nouv. édit. revue et augmentée de la *Géographie de Grégoire de Tours et de Frédégaire*, par M. Alfred Jacobs. 2 vol. . . . . 7 fr.
Cet ouvrage est autorisé pour les Écoles publiques.
Shakspeare. Œuvres complètes. 8 vol. . . . . 28 fr.

GUIZOT (GUILLAUME)

Ménandre. Étude historique et littéraire sur la Comédie et la Société grecques. (*Ouvrage couronné par l'Académie française.*) 1 vol. avec portrait. . . . 3 fr. 50

A. HAYEM

Le Mariage. (*Mention honorable de l'Acad. des sciences morales.*) 1 v. 3 fr. 50

HAYEM (JULIEN)

Le Repos hebdomadaire. (*Ouv. cour. par l'Ac. des Sciences mor.*) 1 vol. 3 fr.

HÉRICAULT (CH. D')

Thermidor. *Paris et la Banlieue en 1794.* 2 vol. . . . . 6 fr.

HIPPEAU

L'Instruction publique aux Etats-Unis. 2e édit. 1 fort vol. . . . . 4 fr.
L'Instruction publique en Angleterre. 1 vol. . . . . 1 fr. 25
L'Instruction publique en Allemagne. 1 vol. . . . . 3 fr. 50

HOEFER (F.)

L'Homme devant ses œuvres. 1 vol. . . . . 3 fr. 50

HOMMAIRE DE HELL (Mme)

A travers le monde. — *La vie orientale.* — *La vie créole.* 1 vol. . . . 3 fr. 50
Les Steppes de la mer Caspienne. 2e édition. 1 volume . . . . 3 fr. 50

HOUSSAYE (ARSÈNE)

Les Charmettes. *J.-J. Rousseau et Madame de Warens.* Nouv. éd. 1 v. port. 3 fr. 50

HOUSSAYE (HENRY)

Histoire d'Apelles. Etudes sur l'art grec. 3e édit. 1 vol. . . . . 3 fr. 50

HUREL (ABBÉ)

Les Orateurs sacrés à la cour de Louis XIV. 2e édit. 2 vol. . . . . 7 fr.
L'Art religieux contemporain. Étude critique. 2e édition. 1 vol. . . . 3 fr. 50
Pécheurs et Pécheresses de l'Évangile. 1 vol. in-12. . . . . 2 fr.

J. JANIN

La Poésie et l'Éloquence à Rome au temps des Césars. Nouv. éd. 1 vol. . 3 fr. 50

JANOLIN (CH.)

L'Aïeul. Du but et des principales carrières de la vie. 1 vol. . . . . 3 fr.

JOHANET (H.)

Une Descente aux enfers. — Le golfe de Naples. Virgile et le Tasse. Avec une carte des enfers. 1 vol. 3 fr.

JOUBERT

Œuvres : *Pensées et correspondance* avec notice par P. de Raynal, et de jugements littéraires par Sainte-Beuve, Saint-Marc Girardin, de Sacy, Géruzez et Poitou. Nouv. édit. 2 vol. 7 fr.

JULIEN (STANISLAS)

Yu-kiao-li. — *Les Deux cousines.* — roman chinois. 2 vol. . . . . 7 fr.
Les Deux jeunes Filles lettrées. Roman traduit du chinois. 2 vol. . . . 7 fr.

LAGRANGE (Mlle DE)

Laurette de Malboissière. Correspondance d'une jeune fille du temps de Louis XV. 1 vol. . . . . 3 fr. 50

LAGRANGE (LÉON)

Pierre Puget, peintre, sculpteur, etc. 2e édit. 1 vol. . . . . 3 fr. 50
Joseph Vernet et la Peinture au XVIIIe siècle 2e édit. 1 vol. . . . . . 3 fr. 50

LA MENNAIS

Correspondance de La Mennais. publ. par M. Forgues Nouv. édit. 2 v. 7 fr.

LA MORVONNAIS

La Thébaïde des Grèves. — *Reflets de Bretagne.* Nouv. édit. 1 vol. 3 fr. 50

LANNAU-ROLLAND

Michel-Ange et Vittoria Colonna. Étude suivie de la traduct. complète des poésies de Michel-Ange. Nouv. édit. 1 vol. . . . . 3 fr.

LA BORDERIE (ARTH. DE)

Les Bretons insulaires et les Anglo-saxons, du Ve au VIIe siècle. 1 vol. 3 fr.

LA PILORGERIE (J. DE)

Campagne et Bulletins de la grande armée d'Italie commandée par Charles VIII, d'après des documents rares ou inédits. 1 vol. . . . . 3 fr. 50

LAPRADE (VICTOR DE)

Poëmes civiques. 2e édit. 1 vol. . . . . 3 fr. 50
L'Éducation libérale. — L'Hygiène, la morale, les études. 1 vol. . . 3 fr. 50
Harmodius. Tragédie. 1 vol. . . . . 2 fr.
Pernette, poëme. 5e édit. 1 vol. 3 fr. 50
Le Sentiment de la nature av. le christian. et chez les mod. 2e éd. 2 vol. 7 fr.
Questions d'Art et de Morale. Nouv édit. 1 vol. . . . . 3 fr. 50

LA TOUR (ANT. DE)

Espagne. Traditions, Mœurs et littérature. 1 volume . . . . 3 fr. 50

LE BLANT (ED.)

Manuel d'Épigraphie chrétienne, d'après les marbres de la Gaule. 1 vol.. 3 fr.

LEBRUN (PIERRE)

Œuvres poétiques et dramatiques Nouv édit. 4 vol. . . . . 14 fr.

LÉGER (LOUIS)

Le Monde slave. Voyages et littérature. 1 vol. . . . . 3 fr. 50

LEGOUVÉ

Théâtre complet, en vers. 1 vol. . . . . 3 fr. 50
Histoire morale des Femmes. 5e édition. 1 vol. . . . . 3 fr. 50
Édith de Falsen, etc. 7e édit. 1 vol. . . . . 3 fr.

LÉLUT

Physiologie de la pensée. Nouv édit 2 vol. in-12. . . . . 7 fr.

LEMOINE (ALBERT)

L'Ame et le Corps. Études de philosophie morale et naturelle. 1 vol. . 3 fr. 50
L'Aliéné devant la philosophie, la morale et la société. 2e édit. 1 vol.. . . 3 fr. 50

LENORMANT (CH.)

Essais sur l'Instruction publique, publiés par son fils. 1 vol. . . . 3 fr. 50

LENORMANT (FR.)

Turcs et Monténégrins. 1 vol. in-12 . . . . 3 fr. 50

LÉPINOIS (H. DE)

Le Gouvernement des papes et les révolutions. 2e édit. 1 vol. . . . . 3 fr. 50

LESCŒUR (LE PÈRE)

La Science du Bonheur. 1 vol. 3 fr. 50

LESSING

Dramaturgie de Hambourg. Trad. de L. Crouslé et Suckau, avec une Étude par Alf. Mézières. 2e édit. 1 vol . . . . 4 fr.
Lessing et Kotzebue. Théâtre choisi. Trad. Barante et Frank. 2e édition. 1 vol. . . . . 4 fr.

J. LEVALLOIS

Sainte-Beuve. 1 vol. . . . . 3 fr.
Études de philosophie littéraire 1 vol . . . . 3 fr.

LEVY (DANIEL)

L'Autriche-Hongrie. Ses institutions et ses nationalités. 1 vol. . . . . . 3 fr.

LITTRÉ

La Science au point de vue philosophique. 3e édit. 1 fort vol. . . . 4 fr.
Médecine et médecins. 2e édit. 1 vol. . . . . 4 fr.
Histoire de la langue française. 6e édit. 2 vol. . . . . 7 fr.
Études sur les Barbares et le moyen âge. 2e édit. 1 vol. . . . . 3 fr. 50

LIVET (CH. L.)

Précieux et Précieuses. Caractères du XVIIe siècle. 2e édit. 1 vol. . . 3 fr. 50

LOISELEUR (J.)

Ravaillac et ses complices, etc. Questions historiques du XVIe siècle. 1 v. 3 fr. 50

LOPE DE VEGA

Œuvres dramatiques. Trad. d'Eug. Baret. 2 vol. . . . . 7 fr.

LOVE (J.H.)

Le Spiritualisme rationel à propos des moyens d'arriver à la connaissance, etc. 1 vol. . . . . 3 fr. 50

LUBOMIRSKI (PRINCE JOS.)

Un nomade. Safar-Hadgi. 1 vol. . . . . 3 fr.
Scènes de la vie militaire en Russie. 2e édit. 1 vol. . . . . 3 fr.

LUCAS

Le Procès du matérialisme. Étude philosophique. 1 vol. . . . . 3 fr.

MARGERIE (A. DE)

Théodicée. Études sur Dieu, etc. 3e édit. 2 vol. . . . . 7 fr.
La Restauration de la France. 3e édition. 1 vol. . . . . 3 fr. 50
Philosophie contemporaine. — Cousin. — Ravaisson. — Les Matérialistes etc. 1 vol. . . . . 3 fr. 50

MARMIER (XAV.)

Souvenirs d'un voyageur. (*Amérique-Allemagne*). 1 vol. . . . . . 3 fr. 50

MARTIN (TH. HENRY)

Les Sciences et la Philosophie. Critique philos. et relig. 1 fort vol. 4 fr. »
Galilée. Les droits de la science, etc. 1 vol. . . . . 3 fr. 50
La Foudre, l'Électricité et le Magnétisme chez les anciens. 1 vol. 3 fr. 50

MARY *** (Dr)

Le Christianisme et le Libre Examen. Discussion critique des arguments apologétiques. 2e édition. 2 vol. . . . . 7 fr. »

MATTER

Le Mysticisme au temps de Fénelon. 2e édit. 1 vol. . . . . . . 3 fr. 50
Saint-Martin, le Philosophe inconnu, etc. 2e édition. 1 vol. . . . . 3 fr. 50
Swedenborg, sa vie, sa doctrine, etc. 2e édition. 1 vol. . . . . 3 fr. 50

MATHIEU

Histoire des Convulsionnaires de St-Médard. 1 vol. . . . . 3 fr.

MAURY (ALFRED)

Les Académies d'autrefois. *Académie des sciences, Académie des inscriptions*. 2e édition. 2 vol. in-12. . . . . 7 fr. »
Croyances et légendes de l'antiquité. 2e édition. 1 vol. . . . . . 3 fr. 50
La Magie et l'Astrologie dans l'antiquité et au moyen âge. 3e éd. 1 vol. . 3 fr. 50
Le Sommeil et les Rêves. 3e édit. revue et augm. 1 vol. . . . . . 3 fr. 50

MAZADE (CH. DE)

Lamartine, sa vie politique et littéraire. 1 vol. . . . . 3 fr. »
Les Révolutions de l'Espagne contemporaine. 1 vol. . . . . . . 3 fr. 50

MEAUX (VICOMTE DE)

La Révolution et l'Empire, 1789-1815. 2e édit. 1 vol. in-12. . . . . 3 fr. 50

MENARD

La Sculpture ancienne et moderne. (*Ouvr. cour. par l'Acad. des Beaux-Arts*. 2e édition. 1 volume. . . . . 3 fr. 50
Tableau historique des Beaux-Arts, depuis la Renaissance. (*Ouvr. cour. par l'Acad. des Beaux-Arts*.) 2e édition. 1 vol. . . . . 3 fr. 50
Hermès Trismégiste, traduction et étude. 2e édition. 1 vol. . . . . 3 fr. 50

MENNESSIER-NODIER (Mme)

Charles Nodier. Épisodes et souvenirs de sa vie. 1 vol. . . . . 3 fr.

MERCIER DE LACOMBE (CH.)

Henri IV et sa politique (*Ouvrage couronné par l'Académie française, 2e prix Gobert*.) Nouv. édit. 1 vol. . . . . 3 fr. 50

MERLET (G.)

Portraits d'hier et d'aujourd'hui. 4 séries. — 1° *Réalistes et Fantaisistes.* 1 vol. — 2° *Attiques et Humoristes.* 1 vol. — 3° *Femmes et livres.* 1 vol. — 4° *Hommes et livres.* 1 vol. — 4 vol. à . . . . 3 fr

MÉZIÈRES

Gœthe. Les œuvres expliquées par la vie. 2° édition. 2 vol. . . . . 7 fr.
Récits de l'Invasion. *Alsace et Lorraine.* 1 vol. . . . . 2 fr. 50
La Société française. — Études morales sur le temps présent. . . . . 1 fr. 25
Pétrarque. Étude d'après de nouveaux documents. (*Ouvrage couronné par l'Académie française.*) 2° édit. 1 vol. . . . . 3 fr. 50

MICHAUD (L'ABBÉ)

Guillaume de Champeaux et les écoles de Paris au XII° siècle. 2° éd. 1 vol. 3 fr. 50
L'Esprit et la Lettre dans la piété et la foi. 2 vol. . . . . 6 fr

MIGNET

Éloges historiques, faisant suite aux *Portraits et Notices.* 1 vol. . . 3 fr. 50
Charles-Quint, SON ABDICATION, SON SÉJOUR ET SA MORT AU MONASTÈRE DE YUSTE. 7° édit. 1 vol. . . . . 3 fr. 50
Histoire de la Révolution française. 10° édit. 2 vol. . . . . 7 fr. »

MOLAND (LOUIS)

Les Méprises. Comédies de la Renaissance racontées. 1 vol. . . . . . 3 fr. 50
Molière et la Comédie italienne. 2° édit. 1 joli vol. illustré de 20 tyeps. 4 fr.
Origines littéraires de la France. 2° édit. 1 vol. . . . . 3 fr. 50

MONTALEMBERT

De l'Avenir politique de l'Angleterre. 6° édit. augmentée. 1 vol. . . 3 fr. 50

MOREAU DE JONNÈS

L'Océan des anciens et les **Peuples préhistoriques.** 1 vol. . . . . 3 fr. 50

MOUY (CH. DE)

Don Carlos et Philippe II (*ouv. cour. par l'Acad. franç.*). 1 vol. . . . 3 fr. 50

MAX MULLER

Essais sur la mythologie comparée, etc. 2° édition. 1 vol. . . . . . 4 fr.
Essais sur l'Histoire des religions. 2° édition. 1 vol. . . . . 4 fr.

NIGHTINGALE (MISS)

Des Soins à donner aux malades, etc. Trad. de l'anglais avec une lettre de M. GUIZOT et une Introduction par le Dr DAREMBERG. 1 vol. . . . . 3 fr.

NOURRISSON (F.)

L'ancienne France et la Révolution. 1 vol. . . . . 3 fr. 50
Tableau des progrès de la pensée humaine depuis Thalès jusqu'à Hegel. 4° édit. augm. 1 vol. . . . . 4 fr.
Philosophie de saint Augustin (*ouv. cour. par l'Institut*). 2° édit. 2 vol. 7 fr.
La Politique de Bossuet. 1 vol. 3 fr.
Spinosa et le Naturalisme contemporain. 1 vol. . . . . 3 fr.
Portraits et Études. Histoire et Philosophie. Nouv. édit. 1 vol. . . . . . 3 fr.

D'ORTIGUE (J.)

La Musique à l'église. Philosophie, littérat., critique musicale. 1 vol. . 3 fr. 50

PAPILLON (F.)

La Nature et la Vie. *Faits et doctrines.* 2° édition. 1 vol. . . . . . . 3 fr. 50

PELLISSIER

Précis d'histoire de la Langue française depuis son origine jusqu'à nos jours. 2° édit. revue et augmentée de *textes anciens.* 1 vol. . . . . . . 3 fr

PENQUER (Mme)

Les Chants du foyer. Poésies. 2° édition. 1 vol. . . . . 3 fr. 50
Révélations poétiques. 2° édit. 1 vol. . . . . 3 fr. 50

PEZZANI (A.)

La Pluralité des existences de l'âme conforme à la doctrine de la Pluralité des Mondes; opinions des philosophes anciens et modernes. 6° éd. 1 vol. . . 3 fr. 50
Philosophie nouvelle. 1 vol. . . . . 2 fr

PIERRON (ALEXIS)

Voltaire et ses Maîtres. Épisode de l'histoire des humanités en France. 1 vol. 3 fr.

PIOGER (ABBÉ)

Le dogme chrétien et la pluralité des mondes. 1 vol. avec pl. . . . 4 fr.

PLUTARQUE

Œuvres morales. Traduction de RICARD. 5 vol. . . . . 17 fr. 50

PRELLER

Les Dieux de l'ancienne Rome.— Mythologie romaine, traduction par L. DIETZ, avec préface de M. ALF. MAURY. 2e édition. 1 fort vol. . . . . 4 fr.

PRIVAT

Les Idoles du jour. Roman moral. 1 vol. . . . . 2 fr.

PUYMAIGRE (TH DE)

Chants populaires recueillis dans le pays messin, et annotés. 1 fort vol.. 4 fr.

RAMBAUD

Les Français sur le Rhin, 1792-1804. La domination française en Allemagne. 1 vol. . . . . 3 fr. 50

L'Allemagne sous Napoléon Ier (1804-1811). 1 vol. . . . . 3 fr. 50

RANGABÉ

Le prince de Morée. Traduction autorisée. 1 vol. . . . . 3 fr

RAYNAUD (M.)

Les Médecins au temps de Molière. — Mœurs. — Institutions. — Doctrines Nouv. édition. 1 vol. . . . . 3 fr. 50

RÉAUME.

Les Prosateurs français du XVIe siècle. 2e édit. 1 vol. . . . . 4 fr.

RÉMUSAT (CH. DE)

Lord Herbert de Cherbury. Sa vie et ses œuvres, etc. 1 vol.. . . . 3 fr. 50
Saint Anselme de Cantorbery. 2e édition. 1 volume. . . . . 3 fr. 50
Bacon sa vie, son temps et sa philosophie. 1 vol. . . . . 3 fr. 50
L'Angleterre au XVIIIe siècle. Études et Portraits. 2 vol. . . . 7 fr. »
Critiques et Études littéraires. Nouv. édition. 2 vol. . . . . 7 fr. »

* * *

Channing. Sa vie et ses œuvres, préface de M. DE RÉMUSAT. 1 vol. . . . 3 fr. 50
La Vie de village en Angleterre, ou Souvenirs d'un exilé. 1 v. . . . 3 fr. 50

RENDU (AMB.)

Les avocats d'autrefois. 1 vol . . . . 3 fr.
Souvenirs de la Mobile. Campagne de Paris. 1 vol. . . . . 2 fr. 50

REYNALD (H.)

Mirabeau et la Constituante. (*Ouvr. cour. par l'Acad. franç.*) 1 vol. 3 fr. 50

ROCQUAIN (F.)

État de la France au 18 brumaire, d'après les rapports inédits. 1 vol. . 4 fr.

RONDELET (ANT.)

La Morale de la Richesse. 1 vol. . . . . 3 fr. 50
Du Spiritualisme en économie politique. (*Ouvrage couronné par l'Académie des sciences morales.*) 2e édit. 1 vol. . . . . 3 fr. 50

ROUSSET (C.)

La Grande Armée de 1813. 1 vol. . . . . 3 fr. 50
Les Volontaires. 1791-1794. 3e édit. 1 vol. . . . . 3 fr. 50
Le Comte de Gisors. Étude historique. 2e édition. 1 vol. . . . . . . 3 fr. 50
Histoire de Louvois et de son administration, etc. (*Ouvrage couronné par l'Académie française*, 1er *prix Gobert.*) Nouvelle édition. 4 vol. in-12. . 14 fr.

SACY (S. DE)

Variétés littéraires, morales et historiques. Nouv. édit. 2 vol. . . . . . . 7 fr.

SAINTE-AULAIRE (Mis DE)

La Chanson d'Antioche, composée par RICHARD LE PÈLERIN, trad. 1 vol. 3 fr.

SAINT-HILAIRE (BARTH.)

Le Bouddha et sa religion. 3e édit. revue et corrigée. 1 vol. . . . . 3 fr. 50
Mahomet et le Coran. 2e édit. 1 vol. . . . . 3 fr. 50

SAISSET

Descartes, ses Précurseurs, ses Disciples. 2e édition. 1 vol. . . . 3 fr. 50
Le Scepticisme. Ænésidème, Pascal, Kant, etc. 2e édit. 1 vol. . . . 3 fr. 50

SALVANDY

Don Alonso, ou l'Espagne. Histoire contemporaine. Nouv. édit. 2 vol. . . . 7 fr.

SCHILLER

Œuvres dramatiques complètes. Traduction de M. de Barante, revue par M. de Suckau. 3 vol. in-12. 10 fr. 50

SCHNITZLER

La Russie en 1812. — *Rostovtchine et Kutusof.* Nouv. édit. 1 vol. . . . . . 3 fr.

SÉGUR

Histoire universelle. Ouv. adopté par l'Université. 8ᵉ édit. 6 vol. in-12. 18 fr.
— **Histoire ancienne.** Nouv. édit. 2 vol. . . . . 6 fr.
— **Histoire romaine.** Nouv. édit. 2 vol. . . . . 6 fr.
— **Histoire du Bas-Empire.** Nouv. édit. 2 vol. . . . . 6 fr.

SELDEN (CAMILLE)

L'Esprit moderne en Allemagne. 1 vol. . . . . 3 fr.

SHAKSPEARE

Œuvres complètes. Traduction de M. Guizot. 8 vol. in-12 . . . . 28 fr.

SAINT-RENÉ TAILLANDIER

Bohême et Hongrie. Tchèques et Magyars, etc., 2ᵉ édit. 1 vol. . . . . 3 fr. 50
Drames et romans de la vie littéraire. 1 vol. . . . . 3 fr.

ALEX. SOREL

Le Couvent des Carmes et le Séminaire Saint-Sulpice pendant la Terreur 2ᵉ édit. 1 vol. avec fig. . . . . 3 fr. 50

THIERRY (AMÉDÉE)

Saint-Jean Chrysostome et l'impératrice Eudoxie. 2ᵉ édit. 1 vol. . . 4 fr.
Histoire des Gaulois depuis les temps les plus reculés jusqu'à l'entière domination romaine. Nouv. édit. 2 vol. . . . . 7 fr.
Histoire de la Gaule sous la domination romaine, jusqu'à la mort de Théodose. 3ᵉ édit. 2 vol. . . . . 7 fr.
Histoire d'Attila et de ses successeurs en Europe. 5ᵉ éd. 2 vol. . . . . . . 7 fr.
Tableau de l'Empire romain, etc. Nouv. édit. 1 vol. . . . . 3 fr. 50
Récits de l'Histoire romaine au Vᵉ siècle. Derniers temps de l'empire d'Occident. Nouv. édit. 1 vol. . . . . 3 fr. 50

THURET (Mme)

Le comte d'Elcairet. 1 vol. . . . . 3 fr.

TONNELLE (ALF.)

Fragments sur l'art et la philosophie, suivis de notes et de pensées diverses, recueillis et publiés par Heinrich. 3ᵉ édit. 1 vol. . . . . 3 fr. 50

TOPIN (MARIUS)

L'Europe et les Bourbons sous Louis XIV. (*Ouvrage couronné par l'Académie française : Prix Thiers.*) — 2ᵉ édit. 1 vol. . . . . 3 fr. 50
L'Homme au masque de fer. (*Ouvrage couronné par l'Académie française.*) 4ᵉ édit. 1 vol. . . . . 3 fr. 50

VALBEZEN (E. D.)

La Veuve de l'Hetman. 1 vol. 3 fr

VALROGER (H. DE)

La Genèse des Espèces. Études phil. et relig. sur les naturalistes. 1 v. 3 fr. 50

VILLEMAIN

La République de Cicéron, trad. avec une Introd. et des Suppl. hist. 1 v. 3 fr. 50
Choix d'Études sur la littérature contemporaine : *Rapports académiques. Études sur Chateaubriand, A. de Broglie, Nettement,* etc. 1 vol. . . . . 3 fr. 50
Cours de Littérature française, comprenant : le *Tableau de la Littérature au XVIIIᵉ siècle* et le *Tableau de la Littérature au moyen âge.* Nouvelle édition. 6 vol. in-12. . . . . 21 fr.
Tableau de l'éloquence chrétienne au ivᵉ siècle, etc. Nouv. éd. 1 vol. 3 fr. 50
Discours et Mélanges littéraires : *Éloges de Montaigne et de Montesquieu. — Rapports et Discours académiques.* Nouv. édit. 1 vol. . . . . 3 fr. 50
Études de Littérature ancienne et étrangère : Nouv. édit. 1 vol. 3 fr. 50
Études d'Histoire moderne. Nouv. édit. 1 vol. . . . . 3 fr. 50
Souvenirs contemporains d'Histoire et de Littérature. 2 vol. in-12. . 7 fr. »
— Première partie : **M. de Narbonne**, etc. Nouv. édit. 1 vol. . . . . . 3 fr. 50
— Deuxième partie : **Les Cent-Jours.** Nouv. édit. 1 vol. . . . . 3 fr. 50

VILLEMARQUÉ (H. DE LA)

Barzaz Breiz. Chants populaires de la Bretagne, recueillis et annotés 7ᵉ édit. (*Ouvr. couronné par l'Académie française.*) 1 vol. avec musique. 4 fr.
Le Grand Mystère de Jésus, drame breton du moyen âge, avec une Étude sur le théâtre celtique. 2ᵉ édit. 1 vol. . . . . 3 fr. 50
La Légende celtique et la Poésie des Cloîtres bretons. Nouv. édit. 1 vol. 3 fr. 50
L'Enchanteur Merlin (Myrdhinn). Son histoire, ses œuvres. 1 vol. 3 fr. 50

WIDAL (A.)

Juvénal et ses Satires. Études littéraire et morale. 2ᵉ édit. 1 vol.. . 3 fr. 50

WADDINGTON (CH.)

Dieu et la Conscience. 2ᵉ édit. 1 vol. in-12. . . . . 3 fr. 50

WITT (C. DE)

Études sur l'histoire des États-Unis d'Amérique. 2 vol. in-12.. . . 7 fr.
— **Histoire de Washington** *et de la fondation de la République des États-Unis*, avec une Étude par M. GUIZOT. Nouv. édit. 1 vol. avec carte. . . . . . 3 fr. 50
— **Th. Jefferson.** *Étude sur la démocratie américaine.* Nouv. édit. 1 vol. 3 fr. 50

WOGAN (B DE)

Du Far West à Bornéo. 1 vol.. 3 fr.

ZELLER

Les Tribuns et les Révolutions en Italie. 1 vol. . . . . 3 fr. 50
Les Empereurs romains. Caractères et portraits. 3ᵉ édit. 1 vol. in-12 3 fr. 50
Entretiens sur l'histoire. — Antiquité et moyen-âge (*Ouvrage couronné par l'Académie française.*) 2 vol. 7 fr.
Entretiens sur l'histoire. — Italie et Renaissance. 1 fort vol.. . . . . 4 fr.

H. BAILLIÈRE

Henri Regnault (1843-1871). 1 vol. in-16 Elzév. avec un dessin à la plume. 2 fr. 50

COLLECTION POUR LES BIBLIOTHÈQUES POPULAIRES

à 1 fr. 25 et 1 fr. 50 le volume

Le chancelier de l'Hopital, par VILLEMAIN. 1 vol.
Vie de Franklin, par MIGNET. 1 vol.
Histoire de Jeanne d'Arc, par M. DE BARANTE. 1 vol.
Sully, par LEGOUVÉ. 1 vol.
Vie de Copernic, par C. FLAMMARION. 1 vol.
Vercingétorix et l'Indépendance gauloise, par FR. MONNIER. 1 vol.
Les grandes Figures nationales et les héros du peuple, par PRESEAU. 2 vol.
La Centralisation et ses effets, par ODILON BARROT. 1 vol.
L'Organisation judiciaire en France, par ODILON BARROT 1 vol..
La Réforme électorale en France, par ERN. NAVILLE. 1 vol.
Shakspeare et son temps, par GUIZOT. 1 vol. in-12.
Le Cardinal de Retz, par MARIUS TOPIN. 1 vol.
Le Cardinal de Bérulle, par NOURRISSON. 1 vol. in-12.
La Souveraineté nationale, par NOURRISSON. 1 vol.
L'Instruction publique en Angleterre, par HIPPEAU. 1 vol.
Les Théories de l'Internationale, par G. GUÉROULT. 1 vol.
La Société française, par MÉZIÈRES. 1 vol. in-12.
L'Éducation homicide, par V. DE LAPRADE. 1 vol. in-12.
Le Baccalauréat et les études classiques, par V. DE LAPRADE. 1 vol. in-12
Les idées subversives de notre temps, par CH. LOUANDRE. 1 vol.
Tableau du Monde physique. Excursions à travers la science, par N. JACQUINET. Nouvelle édition revue. 1 vol. in-12. . . . . 2 fr.
Au Village. Conquêtes rurales d'un commandant, par Mˡˡᵉ MÉLANIE BOUROTTE. 1 vol. in-12. . . . . 2 fr. 50

BIBLIOTHÈQUE DES DAMES ET DES DEMOISELLES

Format in-12

(Cette collection se trouve également reliée tr. dorée, rouge ou bleue. Ajouter 2 fr. pour la reliure.)

Mme CRAVEN

Récit d'une sœur, 2 vol. . . 8 fr.
Anne Séverin. 1 vol. . . . . . 4 fr.
Adélaïde Capece Minutolo. 1 v. 2 fr.
Fleurange. 2 vol. . . . . 6 fr.

Mme SWETCHINE

Sa Vie et ses œuvres, publiées par M. DE FALLOUX. 2 vol. avec port. 8 fr.

MAURICE ET EUGÉNIE DE GUÉRIN

Journal, lettres et poëmes. 3 vol. à . . . . 3 fr. 50

ROSA FERRUCCI

Sa vie et ses lettres, trad. avec une étude par M. l'abbé LEMONNIER, 2e éd. 1 vol. . . . . 3 fr.

MARY O'NELYA

Lettres d'une jeune irlandaise à sa sœur. 1 vol. . . . . 3 fr.

Mme D'ARMAILLÉ

Marie-Thérèse et Marie-Antoinette. 2e édition. 1 vol. . . . . 3 fr.
Catherine de Bourbon. 1 vol. 3 fr.
La reine Marie Leckzinska. 1 v. 2 f.

Mme MARIE JENNA

Enfants et Mères, poésies. 1 v. 3 fr.

Mlle CL. BADER

La Femme biblique. 2e éd 1 v. 3 fr. 50
La Femme grecque. 2 vol. . . 7 fr.

Pcesse CANTACUZÈNE

Tante Agnès. 1 vol. . . . . . 3 fr.

Mme N. GUILLON

L'Entrée dans le monde, simples récits. 2e édit. 1 vol. . . . . 3 fr.
Cinq années de la vie des jeunes filles. 1 vol. . . . . 3 fr.
Projets de jeunes filles. Claire Duquenois, etc. 1 vol. . . . . . 3 fr.

ANT. RONDELET

Le Lendemain du mariage. 2e édit. 1 vol. . . . . 3 fr.
Le Danger de plaire, etc. 1 v. 3 fr.
L'Education de la 20e année. Lettres de ma cousine Nathalie. 1 vol. 3 fr.

MASSON (MICHEL)

Les Historiettes du père Broussailles. 1 vol. . . . . . . 3 fr.
Les Gardiennes. 1 vol. . . . 3 fr.
Lectures en famille. Scènes du foyer domestique. 1 vol. . . . . 3 fr.

Mme ROGRON

Le Choix de Suzanne. 1 vol. 3 fr.

Mlle BENOIT

Françoise, la vocation d'une chrétienne. 1 vol. . . . . . 3 fr.

Mme FERTIAULT

L'Éducation du cœur. Causeries et conseils d'une mère. 1 vol. . 3 fr.

F. FERTIAULT

Les féeries du travail. Conférences sur les travaux de dames. 1 vol. 3 fr.

Mme GAGNE MOREAU

Nancy Vallier. 1 vol. . . . . 3 fr.
Mémoires d'une Sœur de charité. 1 vol. . . . . 3 fr.

Mme GABRIELLE D'ÉTHAMPES

Isabelle aux blanches mains. Chronique bretonne. 1 vol. . . . . 3 fr.

Mlle AUG. COUPEY

L'Orpheline du 41e. 1 vol. . . 3 fr.

Mlle GUERRIER DE HAUPT

Marthe. (*Ouv. cour. par l'Académie française*). 3e édit. 1 vol. . . 3 fr.
Forts par la foi. 1 vol. . . . 3 fr.

Mme LENORMANT

Quatre Femmes au temps de la révolution. (*Ouv. couronné par l'Académie franç*). 2e édit. 1 vol. 3 fr.

EUG. MULLER

Récits champêtres (*Couronné par l'Académie franç.*). 1 vol. . . 3 fr.

HIPP. AUDEVAL

Paris et province ; deux histoires de notre temps. 1 vol. . . . . 3 fr.

MILA (Ctesse DE)

Linda. 1 vol. . . . . 3 fr.

Mme THURET

Belle mère et belle fille. 2e édition. 1 vol. . . . . 3 fr

Mlle THÉRÈSE ALPH. KARR

La fille du Cordier. Histoire Irlandaise, trad. de GRIFFIN. 1 vol. 3 fr.

J. DE CHAMBRIER

Marie-Antoinette, reine de France. 2e édit. 2 vol. . . . . 7 fr.

Mme DE WITT

Charlotte de la Trémoille, comtesse de Derby. 1 vol. . . . . . 3 fr. 50

E. JONVEAUX

Le sacrifice de Paul Wynter, imité de mistr. DUFFUS HARDY. 1 vol. 3 fr.

Mme MARIE SEBRAN

Rousou. Histoire du village. 1 v. 3 fr.
Journal d'une mère pendant le siége de Paris. 1 vol. . . 3 fr.

Mme KRAFFT BUCAILLE

Le secret d'un dévouement. 1 v. 3 fr.

AUG. DE BARTHÉLEMY

Pierre le Peillarot (1789-1795). 1 vol. . . . . 3 fr.

Mme TASTU

Lettres choisies de Madame Sévigné, avec notes et son éloge. 1 v. 3 fr

BIBLIOTHÈQUE D'ÉDUCATION MORALE

Première série à 3 fr. le vol. broché, 4 fr. 50 relié

Mme LA PRINCESSE DE BROGLIE

Les Vertus chrétiennes. — Les Vertus théologales et les Commandements de Dieu. Ouvrage approuvé par Mgr l'Archevêque de Paris. 2 vol. in-12, illustrés de lithographies et de vignettes.

Mme DE WITT, NÉE GUIZOT

Le Cercle de famille. 1 vol. in-12. Orné de gravures.
Les Petits Enfants, contes. 1 vol. in-12, orne de gravures.
Contes d'une Mère à ses Enfants. 1 vol. in-12, orné de gravures.
Une Famille à la campagne. 1 vol. in-12, orné de lithographies, etc.
Une Famille à Paris. 1 vol. in-12, orné de lithographies et vignettes.
Promenades d'une Mère, ou les douze Mois. 1 vol. in-12, orné de lithogr., etc.
Hélène et ses Amies, histoire pour les jeunes filles, traduit de l'anglais. 1 vol. orné de lithographies.
Scènes d'histoire et de famille. (*Ouv. couronné par l'Acad. franç.*) 1 vol. in-12.

DE GERANDO ET B^ie DELESSERT

Les Bons exemples, nouvelle morale en action. — *Charité et Dévouement.* 1 vol. in-12, illustré de jolies vignettes de J. David.
—— 2e série : *Courage et Humanité.* 1 vol. in-12, illustré de jolies vignettes de J. David.

MICHEL MASSON

Les Enfants célèbres, histoire des enfants qui se sont immortalisés par le malheur, la piété, le courage, le génie, etc. Nouvelle édition. 1 vol. in-12, orné de grav. et vignettes.

ARMAND DUBARRY

L'Alsace-Lorraine en Australie. Histoire d'une famille d'émigrants dans le continent austral. 1 joli vol. orné de gravures.

Deuxième série à 2 fr. le vol. broché, 3 fr. 50 relié

Mme GUIZOT

L'Écolier, ou Raoul et Victor. (*Ouvrage couronné par l'Académie française.* 12e édition. 2 vol. in-12, 8 vignettes.
Une Famille, par Mme Guizot, ouvrage continué par Mme A. Tastu. 7e édition. 2 vol. in-12, 8 vignettes.
Les Enfants. Contes pour la jeunesse. 10e édition. 2 vol. in-12, 8 vignettes.
Nouveaux Contes pour la jeunesse. 9e édition. 2 vol. in-12, 8 vignettes.
Récréations morales. Contes. 10e édit. 1 vol. in-12, 4 vign.
Lettres de Famille sur l'éducation. (*Ouvrage couronné par l'Académie française.* 5e édition. 2 vol. in-12. . . . . 6 fr.

Mme F. RICHOMME

Julien et Alphonse, ou le Nouveau Mentor. (*Ouvrage couronné par l'Académie française.*) 1 vol. in-12, 6 lithographies.

ERNEST FOUINET

Souvenirs de Voyage en Suisse, en Grèce, en Espagne, etc., ou Récits du capitaine Kernoel, destinés à la jeunesse. 1 vol. in-12 avec 6 lithographies.

Mme L. BERNARD

Les Mythologies racontées à la jeunesse. 5e édition. 1 vol. in-12, orné de gravures d'après l'antique.

Mlle C. DELEYRE

Contes pour les enfants de 5 à 7 ans. Nouv. édit. revue par Mme F. Richomme. 1 vol. in-12, avec jolies lithographies.
Contes pour les enfants de 7 à 10 ans. Nouv. édit. revue par Mme F. Richomme. 1 vol. in-12, avec jolies lithographies.

BERQUIN

L'Ami des Enfants. Édition complète. 2 vol. in-12. 32 figures.

Mlle ULLIAC-TRÉMADEURE

Les Jeunes Naturalistes. Entretiens familiers sur les *animaux*, les *végétaux* et les *minéraux*. 5e édition. 2 vol. in-12, ornés de 32 vignettes.
Claude, ou le GAGNE-PETIT. (*Ouv. cour. par l'Acad. fr.*) 2e édit. 1 v. in-12. 4 vign.
Étienne et Valentin, ou MENSONGE ET PROBITÉ. (*Ouvrage couronné.*) 3e édition. 1 vol. in-12. 4 vignettes.
Les Jeunes Artistes. Contes sur les beaux-arts. Nouv. édit. 1 vol. in-12. 4 vig.
Contes aux jeunes Naturalistes sur les animaux domestiques. 5e édition. 1 vol. in-12. 4 vignettes.
Émilie, ou la jeune Fille auteur. 1 vol. in-12. 4 vignettes.

Mme A. TASTU

Les Récits du Maître d'école imités de CÉSAR CANTU. 1 vol. in-12. 4 vignettes.
Les Enfants de la vallée d'Andlau, notions familières sur la religion, les merveilles de la nature, etc., par Mmes VOÏART et A. TASTU. 2 vol. in-12. 8 vignettes.
Lectures pour les Jeunes Filles. Modèles de littérature en *prose* et en *vers*, extraits des Ecrivains modernes. 2 vol. in-12, 8 portraits.
Album poétique des jeunes Personnes, ou CHOIX DE POÉSIES, extrait des meilleurs auteurs. 1 vol. in-12, 4 portraits.

Mme DELAFAYE-BRÉHIER

Les Petits Béarnais. Leçons de morale. 12e édition. 2 vol. in-12. 8 vignettes.
Les Enfants de la Providence, ou AVENTURES DE TROIS ORPHELINS. 6e édition, revue par Mme F. RICHOMME. 2 vol. in-12. 8 vignettes.
Le Collége incendié, ou les ECOLIERS EN VOYAGE. 6e édit. 1 vol. in-12. 4 vign.

Mme ÉL. MOREAU-GAGNE

Voyages et aventures d'un jeune Missionnaire en Océanie, etc. 1 vol. in-12 4 lithographies.

FERTIAULT

Les Voix amies. Enfance, jeunesse, raison. Poésies. 1 vol. in-12.

BUFFON

Le Petit Buffon illustré. Histoire naturelle des *Quadrupèdes*, des *Oiseaux*, des *Insectes* et des *Poissons*; extraite de BUFFON, LACÉPÈDE, OLIVIER, etc., par le bibliophile JACOB. 4 vol. gr. in-32, ornés de 325 figures gravées sur acier. 6 fr.
— LE MÊME, avec les 325 figures coloriées avec soin. . . . . 10 fr.

BERQUIN

Œuvres complètes de Berquin, renfermant *l'Ami des Enfants et des Adolescents, le Livre de famille, Sandford et Merton*, etc. 4 vol. in-8, format anglais, illustrés de 200 vignettes. . . . . 10 fr.

Mme TASTU

Le premier Livre de l'Enfance. LECTURE ET ÉCRITURE. Extrait de *l'Education maternelle*. 1 vol. de 80 pages, grand in-8, illustré de 100 vignettes, cartonné.. . . . . 2 fr.

MICHEL MASSON

Les Enfants célèbres. Histoire des enfants qui se sont immortalisés par le malheur, la piété, le courage, le génie et les talents. Nouvelle édition. 1 beau vol. grand in-8, illustré de très-jolies lithographies et de vignettes sur bois. 8 fr.

Mme GUIZOT

L'Amie des Enfants. PETIT COURS DE MORALE EN ACTION, comprenant tous les Contes de Mme GUIZOT. Nouvelle édition, enrichie de *Moralités* en vers, par Mme ELISE MOREAU. 1 fort vol. grand in-8, illustré de belles gravures. . . . 8 fr.
L'Écolier, ou RAOUL ET VICTOR. (*Ouvrage couronné par l'Académie française.*) Nouvelle édition. 1 joli vol. grand in-8, illustré de belles lithographies.. 8 fr.

ÉDUCATION MATERNELLE

Par Mme Tastu. *Simples leçons d'une mère à ses enfants*, sur la lecture, l'écriture, l'arithmétique, la grammaire, la mémoire, la géographie, l'histoire sainte, etc. Nouvelle édition, imprimée avec luxe, illustrée de 500 jolies vignett. et cart. coloriées. 1 vol. gr. in-8, papier jésus glacé.............. 14 fr.

PERNETTE

PAR V. DE LAPRADE, DE L'ACADÉMIE FRANÇAISE

Édition illustrée de 27 beaux dessin· de J. Didier, gravés sur bois, et d'un beau portrait en taille-douce. 1 beau vol. grand in-8, papier vélin, glacé. 9 fr.

CONTES ALLEMANDS DU TEMPS PASSÉ

Extraits des recueils des frères Grimm, de Simrock, de Bechstein, de Musæus, de Tieck, Hoffmann, etc., etc., avec la légende de Loreley, traduits par Félix Frank et E. Alsleben, avec une préface de M. Laboulaye, de l'Institut. 1 beau vol. gr. in-8, illustré de 25 vignettes de Gostiaux........... 8 fr

PITRE-CHEVALIER

La Bretagne ancienne depuis son origine jusqu'à sa réunion à la France. Nouvelle édition. 1 beau vol. grand in-8, illustré par MM. A. Leleux, Penguilly et T. Johannot, de plus de 200 belles vignettes sur bois, gravures sur acier, types et cartes coloriés. (*Épuisé*.)

La Bretagne moderne depuis sa réunion à la France jusqu'à nos jours. *Histoire des États et des Parlements, de la Révolution dans l'Ouest, des guerres de la Vendée*, etc., illustrée par MM. Leleux, Penguilly et T. Johannot. 1 beau vol. grand in-8, orné de plus de 200 vignettes sur bois, gravures sur acier, types et cartes coloriés.......................... 15 fr

HERBIER DES DEMOISELLES

Traité de la Botanique présentée sous une forme nouvelle et spéciale, contenant la description des plantes et les classifications, l'exposé des plantes les plus utiles; leur usage dans les arts et l'économie domestique et les souvenirs historiques qui y sont attachés; les règles pour herboriser; la disposition d'un herbier; etc., etc., par Ed. Audouit, édit. revue par le Dr Hoefer. 1 v. in-8, *illustré* de 335 jolies vignettes coloriées...................... 10 fr.

— Le même ouvrage, 1 vol. in-12, avec les grav. noires.......... 5 fr.
— — — — grav. coloriées....... 7 fr. 50

ATLAS DE L'HERBIER DES DEMOISELLES

Dessiné par Belaife, gravé et colorié avec soin. Joli album in-4...... 16 fr.
— Le même, avec les gravures noires................. 10 fr

La Suisse illustrée. Description et histoire de ses vingt-deux cantons, par MM. de Chateauvieux, Dubochet, Francini, Monnard, Meyer de Knonau, H. Zschokke, etc.; *illustrée* de 32 jolies vues gravées sur acier et carte. 1 v. gr. in-8 jésus. Nouvelle édit..................... 10 fr.

Les Jeux anciens. Leur description, leur origine, leurs rapports avec la religion, les arts et les mœurs, par L. Becq de Fouquières. 2e édit. illustrée de gravures sur bois d'après l'antique. 1 vol. grand in-8........... 8 fr.

Les villes de Thuringe, Weimar, Erfurt, Iéna, Gotha, Cobourg, Eisenach, etc. Excursion pittoresque et historique dans l'Allemagne centrale, par Ed. Humbert, professeur. 1 vol. gr. in-8, illustré de nombreuses gravures sur bois.. 10 fr.

Le Jeu de Paume. Son histoire et sa description. Notice par Ed. Fournier, suivie d'*un traité de la Courte Paume* et *de la Longue Paume*, etc., etc. 1 vol. in-4, pap. de Hollande, avec 16 pl. photographiées. Cart. à l'anglaise. . 15 fr.

OUVRAGES DE NAPOLÉON LANDAIS

Grand Dictionnaire général des Dictionnaires français, résumé de tous les dictionnaires, par N. LANDAIS, 14e édition, revue et augmentée d'un *Complément* de 1,200 pages. 3 vol. réunis en 2 vol. grand in-4 de 3,000 pages. . . . . 36 fr.
Ce dictionnaire contient la nomenclature exacte des mots *usuels* et *académiques, archaïques* et *néologiques, artistiques, géographiques, historiques, industriels, scientifiques*, etc., *la conjugaison de tous les verbes irréguliers, la prononciation figurée des mots, les étymologies savantes, la solution de toutes les questions grammaticales*, etc.

Complément du Grand Dictionnaire de Napoléon Landais, pour les onze premières éditions, par une société de savants sous la direction de MM. D. CHÉSUROLLES et L. BARRÉ. 1 fort vol. in-4 de près de 1,200 pages à 3 colonnes. . 15 fr.

Grammaire générale des Grammaires françaises, présentant la solution de toutes les questions grammaticales, par N. LANDAIS. 6e édit. 1 vol. in-4. . 9 fr.

Petit Dictionnaire des Dictionnaires français, par N. LANDAIS. Ouvrage *entièrement refondu*, et offrant, sur un nouveau plan, la nomenclature complète, la prononciation nécessaire, la définition claire et précise et l'*étymologie* vraie de tous les mots du vocabulaire usuel et littéraire, et de tous les termes scientifiques, artistiques et industriels de la langue française, par M. CHÉSUROLLES. 1 très-joli vol in-32 de 600 pages. . . . . 1 fr. 50

Dictionnaire des Rimes françaises, disposé dans un ordre nouveau d'après la distinction des rimes en *suffisantes*, *riches* et *surabondantes*, etc., précédé d'un *Traité de Versification*, etc., par N. LANDAIS et L. BARRÉ. 1 vol. in-32. . 1 fr. 50

DICTIONNAIRE UNIVERSEL DES SYNONYMES

De la langue française, par M. GUIZOT. 7e édition. 1 vol. in-8, 12 fr., relié. 15 fr.

DICTIONNAIRE DE TOUS LES VERBES

De la langue française tant *réguliers* qu'*irréguliers*, entièrement conjugués, sous forme synoptique, précédé d'une théorie des verbes et d'un traité des participes, etc. d'après nos grands écrivains; par MM. VERLAC et LITAIS DE GAUX, etc. 1 beau vol. in-4. Nouv. édit. . . . . 10 fr.

VERGANI. Grammaire italienne en 20 leçons, augm. de nouv. leçons par MORETTI et revue par BRUNETTI. 22e édit. in-12. . . . . 1 fr.

DICTIONNAIRE DE MÉDECINE USUELLE

A l'usage des gens du monde, des chefs de famille et des grands établissements, des administrateurs, des magistrats, des officiers de police judiciaire, et enfin de tous ceux qui se dévouent au soulagement des malades.

Par une société de Membres de l'Institut, de l'Académie de médecine, de Professeurs, de Médecins, d'Avocats, d'Administrateurs et de Chirurgiens des hôpitaux : ANDRIEUX, ANDRY, BLACHE, BLANDIN, BOUCHARDAT, BOURGERY, CAFFE, CAPITAINE, CARRON DU VILLARDS, CHEVALIER, CLOQUET (J.), COLOMBAT, COTTEREAU, COUVERCHEL, CULLERIER (A.), DELEAU, DEVERGIE, DONNÉ, FALRET, FIARD, FURNARI, GERDY, GILET DE GRAMMONT, GRAS (ALBIN), LARREY (H.) LAGASQUIE, LANDOUZY, LÉLUT, LEROY D'ETIOLLES, LESUEUR, MAGENDIE, MARC, MARCHESSEAUX, MARTINS, MIQUEL, OLIVIER (D'ANGERS), ORFILA, PAILLARD DE VILLENEUVE, PARISET, PLISSON, SANSO (A.), ROYER-COLLARD, TRÉBUCHET, TOIRAC, VELPEAU, VÉE, etc. Publié sous la direction du docteur BEAUDE, médecin inspecteur des eaux minérales, membre du Conseil de salubrité. 2 forts vol. in-4. . . . . 24 fr.
Demi-reliure dos de chagrin. . . . . 30 fr

LE CORPS DE L'HOMME

Traité complet d'anatomie et de physiologie humaine, suivi d'un *Précis des Systèmes de* LAVATER *et de* GALL; à l'usage des gens du monde, des médecins et des élèves, par le docteur GALET. 4 vol. in-4, *illustré* de plus de 400 figures dessinées d'après nature et lithographiées. . . . . 90 fr.

TRÉSOR
DE NUMISMATIQUE ET DE GLYPTIQUE

RECUEIL GÉNÉRAL DES MÉDAILLES, MONNAIES, PIERRES GRAVÉES, BAS-RELIEFS, ORNEMENTS, ETC.

Tant anciens que modernes, les plus intéressants sous le rapport de l'art et de l'histoire, gravé par les procédés de M. ACHILLE COLLAS, sous la direction de MM. PAUL DELAROCHE, peintre; HENRIQUEL DUPONT, graveur; CH. LENORMANT, de l'Institut, etc.

20 PARTIES OU VOLUMES IN-FOLIO

comprenant plus de 1,000 planches accompagnées d'un texte historique et descriptif.

Prix : 1,260 fr.

I

Numismatique des Rois grecs. 1 v.
Nouvelle Galerie mythologique 1 v.
Bas-reliefs du Parthénon, etc. 1 v.
Iconographie des Empereurs romains et de leurs familles. . 1 v.

II

Histoire de l'Art monétaire chez les modernes . . . . . . 1 v.
Choix historique des Médailles des Papes . . . . 1 v.
Recueil de Médailles italiennes, XVe et XVIe siècle. . . . . 2 v.
Recueil de Médailles allemandes, XVIe et XVIIe siècle. . . . . 1 v.
Sceaux des Rois et Reines d'Angleterre. . . . . 1 v.

III

Sceaux des Rois et des Reines de France. . . . . 1 v.
Sceaux des grands feudataires de la couronne de France . . 1 v.
Sceaux des communes, communautés, évêques, barons et abbés . . . . 1 v.
Histoire de France par les Médailles :
1er **de Charles VII à Henri IV**. 1 v.
2e **de Henri IV à Louis XIV** 1 v.
3e **de Louis XIV à 1789**. . 1 v.
4e **Révolution française**. . . 1 v.
5e **Empire français**. . . . . 1 v.

IV

Recueil général de Bas-reliefs et d'Ornements. . . . . . . 2 v.

ŒUVRE DE DAVID (D'ANGERS)

Collection de 125 portraits contemporains gravés par les procédés de M. ACH. COLLAS, d'après les médaillons du célèbre artiste. Chaque portrait séparément. . . . . 75 c.

Portraits de Washington, de Napoléon Ier, de Louis-Philippe, gravés d'après les procédés de M. ACH. COLLAS. In-folio, chacun. . . . . 3 fr.

Bas-reliefs du Parthénon et du temple de Phigalie, disposés suivant l'ordre de la composition originale et gravés d'après les procédés d'ACH. COLLAS. 1 joli album in-4 oblong, contenant 20 planches et un texte de 40 pages, par CH. LENORMANT de l'Institut, cartonné élégamment à l'anglaise. . . . . 15 fr.

NOUVELLE COLLECTION

DE MÉMOIRES RELATIFS A L'HISTOIRE DE FRANCE

DEPUIS LE XIIIe SIÈCLE JUSQU'A LA FIN DU XVIIIe SIÈCLE

Précédés de notices, etc., par MM. MICHAUD et POUJOULAT, avec la collaboration MM. Champollion, Bazin, etc.

34 vol. gr. in-8 jésus à 2 col., illustrés de plus de 100 portraits sur acier

Prix : 300 fr.

JOURNAL DES SAVANTS

COMPOSITION DU BUREAU :

M. LE MINISTRE DE L'INSTRUCTION PUBLIQUE, *Président*.

Assistants

M. GIRAUD, de l'Académie des sciences morales.
M. NAUDET, de l'Académie des inscriptions et des sciences morales.
M. CLAUDE BERNARD, de l'Académie des sciences.
M. PATIN, de l'Académie française.
M. DE LONGPÉRIER, de l'Acad. des inscrip. et belles lettres.
M. RENAN, de l'Académie des inscriptions et belles lettres.

Auteurs

M. CHEVREUL, de l'Académie des sciences.
M. MIGNET, de l'Acad. fr. et des sc. morales.
M. B. SAINT-HILAIRE, de l'Ac. des sc. mor.
M. LITTRÉ, de l'Acad. franç. et des inscript
M. FRANCK, de l'Acad. des sciences morales.
M. J. BERTRAND, de l'Acad. des sciences.
M. Alf. MAURY de l'Académie des inscript
M. DE QUATREFAGES, de l'Acad. des scien
M. EGGER, de l'Académie des inscriptions.
M. CARO, de l'Acad. des sciences morales.
M. LÉVÊQUE, de l'Acad. des sciences mor.

CONDITIONS DE L'ABONNEMENT

Le *Journal des Savants* paraît chaque mois par cahiers de 8 feuilles in-4. Le prix de l'abonnement est de 36 fr. par an pour Paris, et de 40 fr. pour les départements. Chaque année forme 1 volume. Il reste encore quelques exemplaires de la collection en 57 vol. au prix de 855 fr. On peut avoir ensemble ou séparément les années depuis 1830 jusqu'en 1873 au prix de 25 fr.

REVUE ARCHÉOLOGIQUE

OU

RECUEIL DE DOCUMENTS ET DE MÉMOIRES RELATIFS A L'ÉTUDE DES MONUMENTS
A LA NUMISMATIQUE ET A LA PHILOLOGIE

DE L'ANTIQUITÉ ET DU MOYEN AGE

PUBLIÉS PAR

MM. de Longpérier, F. de Saulcy, Alfred Maury, Ravaisson, Renier, Brunet de Presle, Miller, Egger, Beulé, Ed. Le Blant, Membres de l'Institut; **Viollet-le-Duc**, Architecte du Gouvernement; **le général Creuly, A. Bertrand, Chabouillet,** de la Société des Antiquaires de France.
A. Mariette, Deveria, Conservateurs du Musée du Louvre;
J. Quicherat, Perrot, Heuzey, Wescher, Dumont, de l'École d'Athènes, etc.
ET LES PRINCIPAUX ARCHÉOLOGUES FRANÇAIS ET ÉTRANGERS

MODE ET CONDITIONS DE L'ABONNEMENT

La *Revue archéologique* paraît chaque mois par cahiers de 64 à 80 pages grand in-8, qui forment, à la fin de chaque année, deux volumes ornés de planches gravées sur acier et de gravures sur bois intercalées dans le texte.

Prix : Paris : Un an, 25 fr. — Départements : Un an, 28 fr.

Les années 1860 à 1873, formant les 26 premiers volumes de la nouvelle série, coûtent chacune 25 fr.

PARIS. — IMP. SIMON RAÇON ET COMP., RUE D'ERFURTH, 1.

www.ingramcontent.com/pod-product-compliance
Ingram Content Group UK Ltd.
Pitfield, Milton Keynes, MK11 3LW, UK
UKHW012046240726
13965UKWH00003B/1078

9 782013 069595